PROFIL HISTOIRE LITTÉRAIRE

Collection dirigée par Georges Décote

Histoire de la littérature et des idées en France au XXe siècle

JEAN-CLAUDE BERTON
Professeur certifié de Lettres

 ISSN 0750-2516 ISBN 2-218-**73859**-7

Sommaire

Avant-propos

Cette brève histoire de la littérature française au xxᵉ siècle se veut aussi complète que possible. Si, faute de place, des auteurs ou des œuvres ont été omis ou réduits à une simple mention, c'est qu'ils s'intègrent à des mouvements ou à des thèmes contemporains plus vastes au sein desquels il sera facile de les introduire.

L'ensemble est charpenté par 50 fiches d'auteurs ou monographies consacrées à la plupart des représentants majeurs de la création littéraire. Elles comprennent des éléments biographiques, des analyses ponctuelles et des citations.

Les grands courants qui caractérisent les différents genres, la poésie, le roman, le théâtre, la critique, sont dégagés dans des parties intermédiaires qui constituent le fil conducteur. Chacun des cinq chapitres, qui fragmentent le siècle selon ses données historiques, est précédé d'un panorama évoquant les principaux événements dans leurs relations avec la littérature.

Les 14 pages « magazines » qui ponctuent l'ensemble ont pour objet d'offrir des synthèses sur quelques aspects particuliers et d'ouvrir l'histoire de la littérature en direction des autres arts, comme la peinture, la musique ou le cinéma. Le « comparatisme » ayant réduit la notion d'autonomie nationale des faits littéraires, des références aux auteurs et aux mouvements étrangers sont non seulement utiles, mais indispensables.

Le siècle n'est pas achevé. Dans le foisonnement de la production récente, on n'en voudra pas à l'historien d'avoir dû pratiquer des choix qui ne sont dictés ni par des préférences personnelles, ni par des pronostics aventureux.

Le XXe siècle à vol d'oiseau

« Le XXe siècle sera heureux »
V. Hugo, *Les Misérables*

On est frappé au XXe siècle par la coïncidence des événements politiques et des mouvements littéraires, et par l'à-propos avec lequel l'Histoire fournit un découpage à l'évolution des Lettres. Le XXe siècle se présente comme une funeste succession de guerres, d'avant-guerres, d'après-guerres et d'entre-deux-guerres, si bien que la guerre est peu à peu devenue la condition de l'homme contemporain. Quand il ne la vit pas, il la redoute. Et chaque conflit creuse un tel abîme entre l'ère qui l'a précédé et celle qui lui succède que la continuité des idées et des modes se trouve brisée.

A peine se relève-t-on de 14-18 que 39-45 gronde à l'horizon. Les guerres d'Indochine et d'Algérie ne laissent aucun répit à la France qui ne connaît la paix qu'en 1962. A l'étranger, la révolution russe de 1917 et la guerre civile espagnole de 1936, la montée simultanée des fléaux en-isme (stalinisme, nazisme, fascisme), mobilisent les énergies des peuples et sensibilisent les écrivains.

A l'**angoisse** qui s'empare des hommes devant les génocides et les holocaustes engendrés par ces guerres, s'ajoute l'anxiété métaphysique. Freud, levant un voile sur l'inconnu de nos consciences, permet à l'homme de s'interroger sur sa nature, sur son destin, sur son existence même, augmentant encore sa peur devant le mystère que suscitent tant d'incertitudes.

L'un des ouvrages essentiels de notre temps, *l'Homme révolté*, d'Albert Camus, explique qu'à cette angoisse, qui donne naissance à un sentiment d'absurdité, peut s'opposer la **révolte**. Au lieu d'être le jouet d'un déterminisme aveugle, l'homme ne devrait-il pas devenir l'artisan de son propre destin et conquérir sa liberté contre l'asservissement social ?

Cependant l'accélération foudroyante du progrès et la multiplication inéluctable de la population du globe produisent une sorte de **vertige**. A la fin de ce millénaire où deux siècles, le XXe et le XXIe, semblent se précipiter l'un vers l'autre comme un gigantesque mascaret du temps, les capacités de l'organisme humain paraissent dépassées. Se demandant parfois s'il sera demain un singe supérieur ou un insecte démesuré, l'homme a l'impression de marcher en direction d'un gouffre.

Ce siècle, Bertrand Poirot-Delpech le raconte dans la *Légende du siècle* — clin d'œil au vieil Hugo —, l'histoire d'un homme qui aurait connu Staline, Hitler, Léon Blum, Gide, Malraux et Aragon. Mais les livres ne servent pas qu'à inscrire l'Histoire. Ils emmagasinent aussi les rêves. Et, cent ans après Alphonse Daudet, ils continuent de dire à l'oreille des enfants que les blés sont dorés, que le ciel est tout bleu, et qu'il y a dans la montagne des chèvres folles de liberté, et des bergers qui lisent dans les étoiles.

Les structures ébranlées 1899-1918

Dans les dernières années du XIXe siècle, la France, divisée par l'affaire Dreyfus, est secouée par des agitations nationalistes et antisémites. L'installation en 1899 d'un gouvernement radical-socialiste est à l'origine de vives polémiques.

Déjà la machine de guerre est en marche, mettant en sourdine les dissensions intérieures. L'armistice de 1918 ouvrira une ère nouvelle pour des mentalités que les événements ont précipitées d'un siècle dans l'autre.

La Gauche au pouvoir

Officier français de confession israélite, condamné pour espionnage en 1894, déporté à l'île du Diable, Alfred Dreyfus déchire la France en deux. Reconnaître l'erreur judiciaire, c'est accuser l'armée française (qui a utilisé de faux documents pour le faire condamner). Obtenir sa grâce, c'est réhabiliter un «Juif». Tandis que pour des patriotes de parti pris et des catholiques intransigeants, sa culpabilité ne fait aucun doute, les antimilitaristes de gauche, exhortés par Emile Zola dans son manifeste *J'accuse*, poursuivent leur combat pour la justice et la liberté. En 1906, Alfred Dreyfus est lavé de tout soupçon. Les références à l'affaire Dreyfus sont innombrables dans les œuvres de cette période, et notamment dans *A la recherche du temps perdu.*

L'accession de la gauche au pouvoir partage les écrivains et crée de nombreux cas de conscience. Les doctrines humanitaires de Jean Jaurès, fondateur du parti socialiste (1901), suscitent l'adhésion de Romain Rolland, d'Anatole France, d'Emile Verhaeren. Mais d'autres s'effraient de ce virage à gauche. Maurice Barrès se met au service d'un patriotisme qui lui paraît seul capable d'épargner à la France une défaite analogue à celle de 1870. Charles Maurras, fondateur de *l'Action française*, préconise la restauration de la monarchie.

L'Eglise, entrée en conflit avec l'Etat, s'en voit séparée en 1905. Cette crise religieuse provoque un sursaut des spiritualités. On observe le retour au catholicisme d'hommes comme Paul Claudel, Charles Péguy ou Francis Jammes. La défaite de la droite conservatrice et l'affaiblissement du pouvoir des prêtres sont ressentis comme autant d'atteintes aux idées traditionnelles.

Une société agonisante

Les structures sociales, que la lutte des classes avait secouées à plusieurs reprises au cours du XIXe siècle, ne sont qu'ébranlées.

Dans l'Europe entière, où les derniers empires s'affaissent et où les unités nationales se consolident, les romanciers perçoivent **la mutation de la société,** victime de sa propre civilisation. L'Allemand Thomas Mann donne avec *les Buddenbrook* (1901) le portrait d'une époque qui agonise avant d'être terrassée par la guerre. L'Anglais John Galsworthy relate dans *la Saga des Forsythe* (1906-1928) l'ascension d'une bourgeoisie qui s'émancipe d'un demi-siècle d'austérité victorienne. Marcel Proust, remonte le fil du temps dans *A la recherche du temps perdu* vers un passé aristocratique révolu.

Le théâtre, sur lequel la censure est levée en 1906, trouve une matière abondante dans l'observation des milieux en voie de mutation. C'est du mal dont souffre la société que l'on rit : de la hiérarchie des classes, du pouvoir de l'argent, des triomphes de la médiocrité, des institutions en péril (adultère, divorce), des réussites spectaculaires et des résignations sordides.

Tandis que sévissent dans les grandes villes les Apaches, voyous prêts à tous les mauvais coups, et que règnent sur les faubourgs les anarchistes, un grand besoin de rassemblement se manifeste.

Vers la débâcle

Le service militaire passe de deux à trois ans : on songe, certes, qu'une nouvelle guerre est possible, mais les Français pensent que ce ne sera qu'un accident mineur.

Les intellectuels déplorent la détérioration des rapports franco-allemands. Romain Rolland dans ses articles *(Au-dessus de la mêlée)* exprime les désarrois d'une « conscience libre ». Charles Péguy *(Notre patrie)* affirme ses convictions patriotiques. Maurice Barrès, originaire des Vosges, se souvient de l'entrée des Allemands en Alsace-Lorraine et sait que le patrimoine français commence avec cette terre occupée depuis 1870.

C'est pourquoi la débâcle qui, pendant quatre années, emporte les hommes dans la boue des tranchées, et jette les femmes dans l'horreur des hôpitaux, ébranle les consciences après avoir ébranlé les fondements mêmes de la société. On peut dire avec Pierre Gaxotte que « le XIXe siècle finit le 4 août 1914 ».

L'année 1900

Est-ce *la Belle époque* ? En ce lundi 1er janvier 1900, tout le monde, cocottes et viveurs, et l'ouvrier parisien, chante dans les caf'conc'. Emile Zola, Léon Daudet ou Pierre Loti sont parfois dans la salle. Henri de Toulouse-Lautrec peint les artistes du Moulin-Rouge, des Folies-Bergère et de Ba-Ta-Clan. La jeune romancière Colette, qui signe avec son mari Willy le premier volume de la série des *Claudine*, fait scandale sur les scènes du music-hall et affiche ses liaisons féminines.

□ Mais demain, c'est mardi, et tandis que le Tout-Paris regagne en fiacre *les beaux quartiers*, les ouvriers pointent à l'usine. Guettés par le chômage, munis de leur seule capacité de travail, ils s'unissent en syndicats. Affluant des campagnes vers les villes, ils provoquent les spéculations sur le logement et s'installent dans ces *« banlieues tentaculaires »* qu'évoque Verhaeren.

□ Cependant les inventions destinées à améliorer demain leurs conditions de vie se développent : l'aéroplane, le métropolitain, le cinématographe, l'électricité, le radium.

□ L'*Art nouveau*, le *Modernstyle*, parent les façades, les bibelots, les reliures, les limonaires, les stations de métro, de libellules et de grenouilles, de liserons et de nymphéas. Les affiches de Mucha, les vases de Gallé et de Lalique, témoignent du goût de cette époque pour les lignes tourmentées et les surcharges ornementales.

□ Emile Zola a 60 ans. Anatole France, 56. Pierre Loti, 50. Henri Bergson, 41. Paul Claudel, 32. André Gide, 31. Paul Valéry, 29. Charles Péguy, 27. Et Guillaume Apollinaire n'a que vingt ans.

1 Le temps des présages

Les bouleversements qui vont affecter les genres littéraires seront la conséquence de la profonde scission que la guerre imprimera dans l'évolution des goûts et des mœurs. De 1900 à 1914, le XIXe siècle se prolonge tandis que le XXe demeure à l'état de présages.

Les chemins de la poésie

En 1900, deux mouvements poétiques sont encore très vivaces : le **Parnasse** (Leconte de Lisle, Sully Prudhomme et José Maria de Heredia) ; et surtout le **Symbolisme** (Baudelaire, Verlaine et Mallarmé).

A l'inverse des Romantiques, qui livraient volontiers les angoisses et les voluptés de leur cœur, les Parnassiens[1], s'interdisant toute expression de sentiments personnels, préféraient une inspiration savante servie par une forme exigeante et raffinée.

Les Symbolistes, par réaction, avaient revendiqué les droits de la sensibilité, de l'émotion, du rêve, et s'étaient

1. Du nom d'une montagne de la Grèce consacrée à Apollon et aux Muses.

affranchis des contraintes d'une versification guindée, au profit de la fluidité et de la nuance. « De la musique avant toute chose», préconisait Verlaine.

Les derniers échos du Parnasse

C'est un Grec exilé à Paris, Jean Moréas[1] (1856-1910), qui clôt le mouvement parnassien avec des *Stances* (1899-1901) écrites sur le modèle des poèmes antiques. Cette nostalgie de la mythologie et de la beauté helléniques s'illustre dans les œuvres de Pierre Louÿs (1870-1925) qui mystifie les érudits en inventant une poétesse grecque, auteur des *Chansons de Bilitis* (1894), charmants petits poèmes en prose un peu maniérés. Ami de Heredia, de Mallarmé, de Gide, Pierre Louÿs est activement mêlé à la vie littéraire de son temps. Il décrit les mœurs antiques dans *Aphrodite* (1896) et laisse un conte libertin, alerte et raffiné, *les Aventures du roi Pausole* (1901).

Ce **retour aux sources antiques** marque aussi la prose. Sur les traces d'Ernest Renan, qui avait éprouvé devant le Parthénon en 1860 la révélation du génie grec, Charles Maurras *(le Voyage d'Athènes)* et Maurice Barrès *(le Voyage de Sparte)* précèdent tous ceux qui, de Cocteau à Giraudoux et de Valéry à Marguerite Yourcenar, puiseront dans cette innombrable réserve de mythes et de préceptes que constitue l'Antiquité.

Les derniers feux du Symbolisme

Quelques poètes illustrent encore les thèses du Symbolisme au-delà de 1900. Les écrivains belges d'expression française, Emile Verhaeren et Maurice Maeterlinck,

1. Jean Papadiamantopoulos emprunte son pseudonyme à la Morée, dénomination ancienne du Péloponnèse.

transfigurent tous deux la réalité. Tandis que Verhaeren donne une image frénétique de la société industrialisée, Maeterlinck se réfugie dans le rêve et dans l'étrange. Francis Jammes cherche l'évasion dans l'émotion quotidienne.

Emile Verhaeren (1855-1916) brosse dans *les Forces tumultueuses* (1902) un tableau du monde contemporain. Séduit par le socialisme, c'est une sorte de Zola de la poésie, qui avait naguère décrit dans *les Campagnes hallucinées* (1893) et dans *les Villes tentaculaires* (1895) l'exode de la terre abandonnée vers les banlieues noires et surpeuplées. Les horizons d'usines, les rougeoiements des forges, les eaux glauques des canaux, trouvent en lui le porte-parole convaincu et lyrique de la condition du travailleur.

Auprès de ce peintre visionnaire du réel, en lequel s'exprime la fusion du réalisme et du symbolisme, Maurice Maeterlinck (1862-1949) réhabilite les forces intérieures et les troubles angoissés de l'âme. Avec *Pelléas et Mélisande*[1] (1892), il s'abandonne aux sortilèges d'un Moyen âge de convention. Bravant le code féodal qui l'asservit à son époux Golaud, Mélisande s'éprend d'un bel adolescent rêveur qui, de surcroît, est son beau-frère, Pelléas. Cette **postérité des enchantements médiévaux,** d'Apollinaire à Julien Gracq, fait planer sur le XXe siècle l'ombre de *Tristan et Iseut.*

Maurice Maeterlinck se consacre ensuite aux merveilles de la vie animale dont il inaugure le cycle avec *la Vie des abeilles* (1901) et qu'il explore, sur les traces du naturaliste Jean-Henri Fabre[2] avec *la Vie des termites* (1926) et *la Vie des fourmis* (1930).

1. L'opéra de Claude Debussi souleva en 1902, avant *le Sacre du printemps* de Stravinski (1913), le premier scandale musical du siècle.
2. *Souvenirs entomologiques* (1879-1907).

Les poètes de l'émotion :

Francis Jammes (1868-1938) chante la succession émerveillée des instants (1898, *De l'Angélus de l'aube à l'Angélus du soir*), la désuétude des amours fanées et la ferveur sereine de sa foi catholique. Parmi les femmes, la personnalité attachante et pittoresque d'Anna de Noailles (1876-1933) fait régner l'émotion et le sentiment de la nature dans des vers oubliés aujourd'hui.

Les poètes annonciateurs

Encore conservatrice, la poésie n'en cherche pas moins de nouvelles voies. Mais il faudra la formidable insurrection du Surréalisme pour que les dieux du Parnasse dégringolent de leurs cimes. Çà et là se font entendre des grondements révélateurs de quelque force souterraine qui se fraie, depuis Rimbaud, un chemin, et qui n'attend qu'une occasion pour surgir.

Deux poètes voyageurs apportent un ton vraiment neuf. Victor Segalen (1878-1919), passionné de peinture chinoise et de pensée tibétaine, évoque dans *les Immémoriaux* (1907) les temps oubliés des îles océaniennes et médite dans *Stèles* (1912) sur l'Absolu tel que le concevaient les philosophes chinois. Il renouvelle l'exotisme comme le feront aussi Paul Claudel et Saint-John Perse. Blaise Cendrars (1887-1961) rapporte de Mongolie des impressions qui lui inspirent un long poème de conception puissamment originale (1913, *la Prose du transsibérien*). Ses voyages nourriront son œuvre poétique et romanesque (1925, *l'Or*; 1948, *Bourlinguer*).

Mais, dans cette période, il faut surtout retenir la publication de deux recueils déterminants pour l'avenir de la poésie : *Alcools* de Guillaume Apollinaire en 1913 et *la Jeune Parque* de Paul Valéry en 1917.

Guillaume Apollinaire 1880-1918

ou le Poète flâneur

Le mal-aimé

La vie brève de Wilhelm Apollinaris de Kostrowitzky, dit Guillaume Apollinaire, Kostro pour ses intimes, coïncide avec le dépérissement d'un Symbolisme dont il s'écarte. Il est certes conscient de ses affinités avec ce mouvement, mais la naissance d'esthétiques nouvelles l'enthousiasme et il s'en fait le propagandiste enflammé. Contemporain du Cubisme, il est en même temps le précurseur du Surréalisme.

Un poste providentiel de précepteur chez une riche Allemande l'éloigne de Paris pour un an (1901-1902). Les bords du Rhin lui inspirent les célèbres Rhénanes d'*Alcools* :

Le mai le joli mai en barque sur le Rhin

Il s'y éprend d'une jeune gouvernante anglaise qui repousse ses avances. Saura-t-elle jamais qu'en le fuyant toujours plus loin, en Angleterre, aux Etats-Unis, qu'en le faisant souffrir, elle lui a inspiré *Alcools*?

Le pré est vénéneux mais joli en automne
Les vaches y paissant
Lentement s'empoisonnent
Le colchique couleur de cerne et de lilas
Y fleurit tes yeux sont comme cette fleur-là
Violâtres comme leur cerne et comme cet automne
Et ma vie pour tes yeux lentement s'empoisonne

Le recueil d'*Alcools*

Dans les poèmes d'*Alcools*, composés de 1908 à 1913, apparaissent tous les thèmes de l'œuvre d'Apollinaire : instantanés pris sur le vif ou reflets captés par le souvenir, saisons et états d'âme, idéalisation de la femme, amour-poison, sirènes et fées, incertitude de la fluidité du temps, obsession de l'eau courante à laquelle le navire de notre mémoire confie sa frêle cargaison.

Malgré la hardiesse apparente des images, la poésie d'Apollinaire est aisément déchiffrable. Il efface la ponctuation pour laisser à la coupe du vers et au rythme d'ensemble toute leur souplesse.

Le moderniste

A Paris, il s'oriente pour subsister vers la chronique artistique, plus rentable que la poésie. Sa liaison avec le charmant peintre Marie Laurencin, son amitié pour Pablo Picasso, l'entraînent dans l'univers du Bateau-Lavoir, étrange cité montmartroise d'ateliers où gîtent et se côtoient les artistes les plus divers.

Ses relations avec les peintres ne lui inspirent pas seulement des œuvres critiques (1913, *les Peintres cubistes*), elles impriment dans sa poésie une marque originale. Comme Robert Delaunay, il est fasciné par la tour Eiffel ; comme Raoul Dufy, par l'électricité ; comme André Derain, par les aéroplanes ; comme Fernand Léger, par la machine ; comme Braque, il se passionne pour les lettres d'imprimerie et compose certaines pages de *Calligrammes* (1918), ces « idéogrammes lyriques », comme de véritables collages.

Avant les Surréalistes (cf. p. 44), il comprend la valeur de la dictée intérieure, du rythme spontané, des associations imprévisibles. Révélateur est un texte de 1908, *Onicritique*, récit d'un rêve qui voudrait refouler toute organisation poétique au profit d'un automatisme psychologique presque irréalisable.

Blessé pendant la guerre, il aurait pu y mourir, comme Alain-Fournier et Charles Péguy : une épidémie de grippe espagnole l'emporte, comme Edmond Rostand, au lendemain de la victoire.

Paul Valéry

1871-1945

ou le Philosophe poète

Le philosophe

Chaque matin, Paul Valéry fait ses deux ou trois heures de « sport intellectuel ». Il exerce son esprit sur les sciences et les sujets les plus divers. Il s'interroge sur le rôle de l'intelligence comme moyen d'investigation dans la connaissance de soi et dans la création artistique. De cet exercice sortent deux œuvres essentielles. L'une définit une méthode. L'autre constitue un portrait satirique.

Dans l'*Introduction à la méthode de Léonard de Vinci* (1894), Paul Valéry prend comme modèle le grand peintre de la Renaissance italienne, l'homme qui fut, tout à la fois, artiste et ingénieur. Vinci veut et peut faire épouser à son esprit toutes les manières possibles de penser, de sentir, d'imaginer, de créer. Par quels cheminements de son esprit a-t-il porté l'intelligence à son plus haut niveau ? C'est cette « méthode » que Valéry s'applique à découvrir.

Dans un conte philosophique intitulé *la Soirée avec M. Teste* (1896), il crée un personnage étrange et attachant qui dit de lui-même en souriant : « La bêtise n'est pas mon fort » et pose la question théorique et pratique essentielle de Valéry : « Que peut un homme ? » Ce débat sur la « connaissance » sera repris dans les ébauches de *Mon Faust* (1941).

Parmi les multiples recueils d'essais, qui constituent autant de réflexions sur le monde, sur l'homme et sur l'art, il faut retenir deux admirables « dialogues », *Eupalinos* et *l'Ame et la Danse* (1923).

Le poète

Ce « philosophe » est également un grand poète. Disciple de Mallarmé, il avait d'abord composé un *Album de vers anciens.* Mais les jugeant précisément trop « anciens », trop visiblement « artistiques », il abandonne la poésie pendant vingt ans. Ce n'est qu'en 1917 avec *la Jeune Parque* et en 1922 avec *Charmes*, qu'il s'essaie à inscrire dans un réseau hardi d'images et de rythmes le mystère médité du monde.

En effet, dans ses vers comme dans sa prose, il se livre à la méditation métaphysique. Il exprime les moindres nuances de son être, aujourd'hui vivant, mais qui s'en ira un jour se dissoudre dans la terre, comme ces morts qui reposent dans le cimetière dominant la mer, au-dessus de Sète, le port natal de Valéry le Méditerranéen :

Ils ont fondu dans une absence épaisse,
L'argile rouge a bu la blanche espèce,
Le don de vivre a passé dans les fleurs !

Ses poèmes, et parmi eux le plus célèbre, *le Cimetière marin*, sont admirés par les juges les plus difficiles. Quels vers ont jamais évoqué aussi bien la permanence tranquille ou les mouvements infinis du monde, l'intensité sensible des moindres moments ? Qui a mieux suggéré en quelques mots l'espace et le mouvement ?

La mer, la mer, toujours recommencée...

La poésie de Valéry est celle d'un être qui prend conscience de lui-même et de son fonctionnement « en tant qu'il pense et qu'il sent ». Elle résout la dualité entre l'intelligence et la sensibilité. Pour Paul Valéry, il faut être à l'écoute de « chaque atome de silence ». Son secret réside dans ces vers qu'il emprunte au poète grec Pindare et qu'il inscrit en tête du *Cimetière marin* : « O mon âme chère, n'aspire pas à la vie immortelle, mais épuise le champ du possible. »

Désuétude du théâtre

Le théâtre de ce début de siècle a succombé en grande partie avec les modes et les mœurs qu'il peignait. Rien, dans les pièces représentées à cette époque, ne laisse présager l'essor ultérieur du théâtre. Ce temps avait pourtant son Shakespeare, mais il l'ignorait, et l'auteur de *Tête d'or* (1890-1901), de *Partage de midi* (1906), de *l'Annonce faite à Marie* (1912), Paul Claudel, n'est alors qu'un diplomate en poste en Chine.

Au théâtre romantique de Victor Hugo ou d'Alfred de Musset avait succédé la comédie de mœurs. Henry Becque (1882, *les Corbeaux*) avait compris que l'art dramatique devait se débarrasser de ses conventions pour rendre compte de la réalité. Dans ce même souci de vérité, André Antoine avait fondé le Théâtre libre où un soin plus grand était apporté au jeu des acteurs et à la mise en scène. C'est dans cet esprit que le théâtre évolue jusqu'en 1914.

Un certain nombre d'auteurs portent à la scène des situations empruntées à la réalité contemporaine afin d'en dégager une morale. C'est le **théâtre d'idées.** Les uns, comme François de Curel, s'intéressent aux conflits (amour et orgueil, guerre et passion). D'autres, comme Paul Hervieu, s'attaquent avec pessimisme à la peinture des milieux et des institutions (le mariage, le divorce). Georges de Porto-Riche et Henry Bataille ne trament que des situations sentimentales. Le théâtre d'Octave Mirbeau dévoile sans pitié les rouages de la corruption sociale.

Auprès de ce théâtre d'idées, un **théâtre de divertissement** connaît un grand succès. Jules Renard et Georges Courteline ont donné le meilleur d'eux-mêmes avant 1900. Seul Georges Feydeau (1862-1921) se renouvelle. On se demandait comment il pourrait encore faire rire après ces chefs-d'œuvre d'ingéniosité hilarante qu'avaient été *l'Hôtel du libre-échange* ou *le Dindon.* Mais dans *Occupe-toi d'Amélie* (1908) et les pochades en un acte qu'il écrit avant de sombrer dans la neurasthénie *(Feu la mère de Madame, On purge bébé, Mais n'te promène donc pas toute nue)*, l'intelligence du rire se maintient à un niveau supérieur. L'art de la saynète (du sketch, comme on l'appelle de nos jours, parce qu'il relève de la caricature) prospère également chez Tristan Bernard.

Un genre commence à naître dans les salles qui s'ouvrent le long des grands boulevards : on l'appelle le **théâtre du Boulevard.** Il met en scène tout un petit monde léger, facile, oisif, entièrement penché sur ses seuls complots amoureux. Les « boulevardiers » se nomment Maurice Donnay, Alfred Capus, Henri Lavedan. De leurs œuvres, il ne reste rien : elles étaient faites pour distraire, le temps que dure une affiche sur une colonne Morris[1]. Mais le genre a subsisté, caractérisé par une action à rebondissements, des dialogues brillants, une raillerie cocasse ou rosse des mœurs et une absence totale d'idéologie.

Le théâtre de l'entre-deux-siècles en France a connu avec *Cyrano de Bergerac* d'Edmond Rostand en 1897 son dernier succès durable. Il entre dans une période de silence, tandis qu'à l'étranger de grands maîtres du théâtre moderne donnent déjà leurs chefs-d'œuvre : le Norvégien Ibsen (1890, *Hedda Gabler*), le Russe Tchekhov (1896, *la Mouette*), le Suédois Strindberg (1900, *la Danse de mort*) et l'Italien Pirandello (1916, *Chacun sa vérité*).

1. Edicule en forme de colonne qui sert à la publicité des théâtres à Paris. Du nom du concessionnaire qui imprimait les affiches.

Les voies du roman

Avec Emile Zola s'éteint une longue lignée de romanciers qui avaient fait du XIXe siècle le temps par excellence du roman. Le XXe siècle cependant prépare la voie à une non moins brillante floraison.

Quelques romanciers veulent proposer dans leurs romans un modèle d'idéal pour les jeunes générations. Maurice Barrès, leur chef de file, exalte les vertus du devoir. Paul Bourget dénonce les dangers auxquels sont exposées les traditions.

L'enfance perdue et retrouvée

Récusant toute thèse moralisatrice, Alain-Fournier (1886-1914) situe *le Grand Meaulnes* (1913), son unique roman, dans ce no man's land qui sépare le réel de l'imaginaire. L'amour n'y apparaît qu'à l'état de rêve imprécis. Dans le halo immatériel qui enveloppe les aventures d'Augustin Meaulnes, d'Yvonne de Galais et de François, l'ami d'enfance, la trame subtile des inclinations, des ruptures, des retrouvailles, est tissée comme un songe.

Le « vert paradis des amours enfantines » retient un autre romancier, Valéry Larbaud (1881-1957), qui évoque les troubles de l'adolescence dans *Fermina Marquez* (1911).

Louis Hémon raconte avec simplicité dans *Maria Chapdelaine* (1913) l'histoire émouvante d'une jeune fille du Québec. Le sentiment de nostalgie d'un monde plus pur et plus naturel, comme celui de l'enfance, vient en contrepoint aux soucis d'une société que menace la guerre.

Fastes et débauches

La débauche prend dans les romans d'Octave Mirbeau (1848-1917) des couleurs assez sadiennes. Il dénonce dans *le Journal d'une femme de chambre* (1900) les perversités de la bourgeoisie. Charles-Louis Philippe (1874-1909) décrit dans *Bubu de Montparnasse* (1901) l'univers des prostituées et des souteneurs. Il annonce l'atmosphère des romans de Céline. L'envers du vice, ce sont souvent les taudis et les hôpitaux. Francis Carco (1886-1958) connaît bien le Montmartre, alors fief des peintres, qui sert de décor à *Jésus la Caille* (1914), roman des invertis qu'on appelait des «jésus», et du petit peuple de Paris.

Romans-feuilletons

La littérature, très populaire, des romans-feuilletons est volontiers cocardière, gouailleuse, et ses héros, apprentis détectives, malfaiteurs mondains ou sublimes vengeurs, bafouent une société corrompue et défient la police. Arsène Lupin comme Fantomas ne s'en prennent qu'aux riches. Gaston Leroux (1868-1927) est un pionnier du roman policier insoluble ou fantastique (1907, *le Mystère de la chambre jaune* et *le Parfum de la dame en noir*). J.-H. Rosny (1856-1940) s'attache à l'anticipation à rebours en direction de la préhistoire avec *la Guerre du feu* (1911).

Les deux romans que Pierre Benoit fait paraître à la fin de la guerre, *Kœnigsmark* (1917) et *l'Atlantide* (1918), seront parmi les lectures favorites du XXe siècle. Mais c'est surtout avec Colette, avec André Gide qui publie *l'Immoraliste* en 1902 et *la Porte étroite* en 1909, avec Marcel Proust qui inaugure en 1913 le cycle d'*A la recherche du temps perdu*, que le roman du XXe siècle prend son essor.

Marcel Proust
1871-1922

ou la Mémoire révélatrice

Le Narrateur

La vie de Marcel Proust pourrait se confondre avec celle que le Narrateur, qui lui ressemble comme un frère, remonte à rebours dans *A la recherche du temps perdu* : c'est l'histoire d'un jeune homme de la bourgeoisie qui avait vingt ans quand éclate l'affaire Dreyfus. De 1890 à la guerre, il comprend que certaines valeurs morales, attachées au sentiment de la hiérarchie des classes sociales, sont en train de se désagréger. Il veut être le témoin de cette évolution et se met à analyser et à relater ce que sa mémoire a retenu du passé.

Après des études de Lettres et de Droit, Proust se consacre exclusivement à la littérature. Il s'exerce à des genres très différents : l'essai (1908, *Contre Sainte-Beuve*) qui conteste l'explication de l'œuvre par l'homme ; le roman (posthume, 1952, *Jean Santeuil*) ; le conte (1896, *les Plaisirs et les jours*) ; l'étude littéraire (1905-1908, *Pastiches et mélanges*). Ces essais, ces ébauches s'effacent devant *A la recherche du temps perdu*, l'un des monuments les plus considérables de l'histoire des littératures.

Mémoire et sensation

A la recherche du temps perdu est une vaste somme romanesque de sept volumes, publiés à partir de 1913.

Ils s'intitulent : *Du côté de chez Swann* (1913), qui englobe *Un amour de Swann*, épisode parfois détaché de l'ensemble ; *A l'ombre des jeunes filles en fleurs* (1918) ; *le Côté de Guermantes* (1920) ; *Sodome et Gomorrhe* (1922) ; *la Prisonnière* (1923) ; *Albertine disparue* (1925) ; *le Temps retrouvé*[1] (1927).

1. Ces trois dernières publications sont posthumes. Marcel Proust a obtenu le prix Goncourt en 1919 pour *A l'ombre des jeunes filles en fleurs*. Le prix Goncourt est régulièrement décerné depuis 1901.

L'unité de ce cycle réside dans la présence du Narrateur et dans le retour des personnages. C'est le Narrateur qui, un jour, décidant de fixer sa vie fugitive par l'œuvre littéraire, donne l'impulsion initiale. Il laisse les souvenirs surgir, relatant au fil des années 1880-1910 son enfance, son adolescence, l'âge d'homme : « Il en est ainsi de notre passé. C'est peine perdue que nous cherchions à l'évoquer, tous les efforts de notre intelligence sont inutiles. Il est caché hors de son domaine et de sa portée, en quelque objet matériel (en la sensation que nous donnerait cet objet matériel) que nous ne soupçonnons pas. Cet objet, il dépend du hasard que nous le rencontrions avant de mourir, ou que nous ne le rencontrions pas. »

Ainsi, les sensations que la mémoire a emmagasinées à son insu suffisent-elles à ressusciter, avec le passé, les faits qui les ont produites. La saveur d'une madeleine trempée dans du thé rappelle au Narrateur un moment de son enfance, lorsqu'il avait éprouvé la même sensation gustative. Une petite phrase musicale de sonate cristallise autour d'elle, de proche en proche, toutes les circonstances qui autrefois avaient entouré cette perception auditive. A l'illumination succède alors l'analyse qui s'efforce de reconstituer les événements dans leur totalité : la sensibilité qui se souvient est capable de substituer au passé réel un passé imaginaire. Telle est la méthode de Marcel Proust pour remonter le cours du temps.

La foire aux vanités

Dans *A la recherche du temps perdu*, Proust est alors conduit, de par sa propre expérience, à peindre l'affrontement de deux mondes en déclin. D'un côté, la lignée aristocratique des Guermantes, vieille noblesse de province ; de l'autre, le petit monde des salons parisiens, dilettantes et parvenus, bourgeoisie enrichie, parasites en tous genres et marginaux à scandales.

La famille brillante et hautaine des Guermantes se compose essentiellement du duc Basin de Guermantes, qui a épousé sa cousine Oriane ; de son frère, le baron de Charlus ; de leur neveu Robert, marquis de Saint-Loup.

Le clan des « gens du monde » est représenté par Swann, les Verdurin qui tiennent un salon à Paris où ils reçoivent, outre Swann, sa maîtresse, Odette de Crécy, l'écrivain Bergotte, le médecin Cottard, le musicien Vinteuil, le peintre Elstir et la tragédienne Rachel. On le voit, il s'agit d'un raccourci de la société contemporaine.

La fusion de ces deux mondes s'opère : Odette devient la maîtresse du duc de Guermantes qui, veuf, épouse Mme Verdurin. Robert de Saint-Loup se marie avec la fille de Swann et d'Odette, Gilberte. Ces mésalliances scellent ces destinées symboliques des sociétés d'hier, qui sont en train de chavirer dans le monde d'aujourd'hui.

La personnalité du Narrateur

Les lieux de son enfance sont ceux où Marcel Proust a vécu et notamment Illiers (Combray) sur les bords du Loir, près de Chartres ; les personnages, ceux qui ont entouré Proust enfant : sa grand-mère, sa tante Léonie, et jusqu'à Françoise, la cuisinière, qui représente la classe laborieuse.

Comme Proust l'a fait, le Narrateur découvre l'art à Venise. Il est séduit par les théories du critique d'art John Ruskin[1]. Il se passionne pour la musique et pour la peinture en plein Impressionnisme.

A l'inverse de Proust, le Narrateur n'est pas explicitement homosexuel. Il tombe amoureux de Gilberte Swann qu'il retrouve à Balbec (Cabourg) sur la côte normande où il passe ses vacances. Il s'éprend plus tard d'Albertine qui lui fait éprouver les affres de la jalousie. Proust analyse

1. John Ruskin (1819-1900), dont Proust a traduit les œuvres, est le chef de l'école préraphaélite qui préconise le retour à l'art médiéval (avant Raphaël), à la beauté et à la nature. Comme le recommande Ruskin, Proust à son tour « scrute avec minutie les faits visibles et s'efforce de les présenter avec la même véracité et la même exactitude ».

alors une passion qui se dépouille progressivement de sa magie, la détérioration des sentiments par le Temps, et ces « intermittences du cœur » sont l'effet des ravages que le temps nous inflige. Albertine est le symbole de la passion guettée par l'échec.

L'homosexualité

Le baron de Charlus est sans doute l'une des personnalités les plus fortes et les plus troublantes de la littérature française. On l'a rapproché du Vautrin de Balzac en raison de leur homosexualité. Mais tandis que Vautrin[1] fait de l'amour qu'il éprouve pour Rastignac ou Rubempré un ressort d'ambition, Charlus ne s'intéresse qu'à des personnages médiocres ou vils. Proust pousse jusqu'à la cruauté la caricature de sentiments que la morale ne pouvait alors tolérer que comme une déviation. Mais il a ce courage et, le premier, donne une analyse audacieuse de « l'amour qui n'ose pas dire son nom ».

Les thèmes et le style

Ainsi les thèmes dans l'œuvre de Proust se croisent-ils à l'infini dans cette longue suite romanesque et autobiographique : le regret de l'enfance, l'amour et la jalousie, la certitude de la mort, le rêve et le réel, le sens de la création artistique, — thèmes dominés, menés, cimentés par la conscience du Temps et la nécessité d'une vie intérieure puissante, capable de protéger de ses déprédations.

Nul extrait ne peut rendre compte du style de Marcel Proust dont la phrase suit les courbes de l'analyse psychologique, s'allonge et s'infléchit au gré de la pensée dans la plus complète unité.

1. *Le père Goriot ; Illusions perdues ; Splendeurs et misères des courtisanes.*

2 La crise de l'esprit

La division des Français, les troubles dont est affectée la société traditionnelle, la montée inéluctable d'un conflit européen, ne pouvaient conduire qu'à une crise.

Du côté de la Gauche

Partisan inconditionnel de la paix, Jean Jaurès (1859-1914) s'attire l'hostilité de patriotes qui croyaient que la guerre était l'occasion pour la France de se venger de 1870. Jaurès est assassiné le 31 juillet 1914 parce qu'il refuse l'idée de la guerre. Sa conception humaniste du socialisme séduit des hommes aussi différents que Romain Rolland, Charles Péguy ou Anatole France.

Dans l'allégorie utopique de *l'Ile des Pingouins* (1908), caricature de la société française telle qu'elle apparaît entre 1906 et 1908, le vieil Anatole France (1844-1924) exerce son ironie contre «les vertus sur lesquelles reposent les sociétés : le dévouement à la richesse, les sentiments pieux, et spécialement la résignation du pauvre, qui est le fondement de l'ordre».

Nationalismes ardents

Exprimant le besoin de rassemblement national, Jules Romains lance un mouvement de solidarité (l'unanimisme) et Paul Fort poursuit le cycle de ses *Ballades françaises* (1897-1949) en hommage à ces gloires de la France que vante Charles Péguy dans *Victor-Marie, comte Hugo* (1910).

Charles Maurras et Maurice Barrès de leur côté exaltent les vertus patriotiques.

Romain Rolland

1866-1944

ou le Socialisme humaniste

Normalien[1] comme Charles Péguy, Romain Rolland, intellectuel de gauche, met sa pensée et son énergie au service d'un idéalisme fervent. Il veut démontrer que les génies allemand et français se complètent. Il exerce jusqu'en 1937 une influence sur les courants de pensée pacifistes et révolutionnaires.

Séduit par les destins hors pair, il les étudie dans ses biographies de Michel-Ange, Tolstoï et Gandhi. Il a la passion de la musique, ce langage qui s'élève au-dessus des nations et qui devrait unir les hommes. Il contribue à tirer de l'oubli Haendel et analyse la vie et l'œuvre de *Beethoven* dans un ouvrage fondamental (1903).

Jean-Christophe

Aussi la musique et les musiciens sont-ils les inspirateurs des dix volumes de son roman-fleuve, *Jean-Christophe*, qui paraît de 1904 à 1912. Cette vie exaltée d'un jeune musicien rhénan constitue une sorte d'épopée généreuse et supranationale de l'intelligence, de la culture et de l'amour. Vouée « aux âmes libres », elle vise à enseigner « que l'avenir est dans l'unité entre les hommes, une unité dans laquelle les passions et les haines se fondraient dans la paix de la nature ».

La figure européenne de Jean-Christophe est un exemple du génie qui, parce qu'il permet de s'élever au-dessus des médiocrités, perçoit avec la même sensibilité les douleurs et les joies. *Jean-Christophe* est un grand livre qu'il faut avoir lu pour y puiser des leçons de courage et de générosité.

1. Ecole normale supérieure de la rue d'Ulm à Paris où ont été formés de nombreux philosophes et écrivains du XXe siècle.

Charles Maurras

ou les Engagements acharnés

1868-1952

Charles Maurras débute en 1886 dans le journalisme. L'affaire Dreyfus lui donne l'occasion de prendre position : il s'engage dans les rangs des « antidreyfusards » et y amorce son combat politique contre la gauche.

Il fonde en 1899 avec Léon Daudet un journal qui sera jusqu'en 1944 l'organe du nationalisme le plus virulent, *l'Action française* (cf. p. 98). Ses convictions monarchistes seront l'objet de nombreuses polémiques pendant un demi-siècle.

La guerre de 14, durant laquelle il préconise l'union nationale contre l'ennemi, l'engage dans un mouvement patriotique ardent. Il saura peu à peu rallier de nombreux écrivains à ses convictions. Mais son fanatisme en faveur de la restauration de la monarchie et sa haine des partis de gauche le conduiront à des erreurs fatales : partisan de la politique du maréchal Pétain, il est arrêté en 1944 et condamné à la détention perpétuelle pour collaboration.

Aussi farouchement hostile au romantisme qu'il l'était à la démocratie, Maurras écrivain est à la recherche d'une harmonie classique dont il trouve le modèle dans les cultures et les mythologies antiques (1898, *le Voyage d'Athènes*). Poète dans *la Musique intérieure* (1925), essayiste dans *Barbarie et poésie* (1925), il touche à tous les genres avec un sens égal de l'engagement et du combat pour l'idéal qu'il poursuit.

Maurice Barrès

1862-1923

ou les Energies solidaires

Le « culte du Moi »

Maurice Barrès est né dans les Vosges. Lorrain, il exprime dans *la Colline inspirée* (1913) la puissance symbolique de sa terre natale marquée par l'occupation humiliante des Prussiens en 1870.

Quand il arrive à Paris, il y rencontre une jeunesse sceptique et rebelle à laquelle il voudrait proposer une discipline d'action. Il est d'abord convaincu que la seule valeur constructive est la connaissance de soi. La recherche de la vie intérieure marque les trois volumes du cycle *le Culte du Moi* (1888, *Sous l'œil des Barbares*; 1889, *un Homme libre*; 1891, *le Jardin de Bérénice*).

Le roman de l'énergie nationale

Mais le « perfectionnement solitaire du Moi » ne saura lui donner satisfaction quand, devant les menaces qui pèsent sur la nation, il éprouve la nécessité de devenir un écrivain de combat. Il proclame son sens républicain du devoir dans *le Roman de l'énergie nationale* (1897, *les Déracinés*; 1900, *l'Appel au soldat*; 1901, *leurs Figures*). Il veut mobiliser les dynamismes et lutter contre les désarrois.

Dans Colette Baudoche (1909), il décrit les sentiments des jeunes générations d'une Alsace-Lorraine occupée depuis 35 ans par les Allemands.

Nationalisme, traditionalisme, doctrine de la terre et des morts, telles sont les idées que Barrès développe en ces années de danger pour la patrie.

Charles Péguy

1873-1914

ou le Socialisme mystique

Le 5 septembre 1914, Charles Péguy tombe à la tête de sa section dans les premiers engagements de la bataille de la Marne, lui qui avait dédié sa *Jeanne d'Arc* « à toutes celles et à tous ceux qui sont morts de leur mort humaine pour porter remède au mal universel humain ».

Les Cahiers de la Quinzaine

D'ascendance à la fois rurale et ouvrière, Charles Péguy, l'un des esprits les plus novateurs de son époque, est d'abord attiré par le socialisme. On sent en lui un polémiste qui n'accepte pas les idées toutes faites : il se rebelle contre les doctrines dans lesquelles il s'engage afin de les adapter à son propre idéal.

Ces dons pour le combat idéologique, il les met au service de la revue qu'il fonde en 1900, *les Cahiers de la Quinzaine.* Cette publication s'ouvre à la littérature, à la politique, à la religion. Péguy y combat pour la liberté des idées contre l'intolérance.

Le mystique

On peut imaginer que ce socialiste récalcitrant ne parviendrait pas aisément à la foi catholique. A partir de 1908, il cherche à réconcilier ses convictions politiques et ses croyances chrétiennes. Cet enfant d'Orléans, ce pèlerin de Chartres, chante les figures et les édifices qui symbolisent le mieux la ferveur et le patriotisme, nos saints et nos cathédrales.

Il écrit deux drames sur Jeanne d'Arc. Le premier, en trois pièces (1897, *A Domrémy*; *les Batailles ; Rouen*), repose sur une documentation historique précise. Il reprend cette première version dans *le Mystère de la charité de Jeanne d'Arc* (1910) en approfondissant les thèmes. Jeanne a connu la défaite, le cachot, la victoire du Mal. Elle se souvient que jadis elle a dû mentir à ses parents et que cet unique mensonge a entaché toute sa vie. Jusqu'à sa mort, Péguy reviendra sur cette figure symbolique de la ferveur patriotique.

Influencé par le verset biblique, ample distribution de la langue en unités poétiques de longue haleine, Péguy n'hésite pas à multiplier les redites. Son lyrisme puissant s'y développe comme une houle, large et balancée.

Dans un essai dont le titre, *Victor-Marie, comte Hugo* (1910), n'annonce pas vraiment le sujet, Péguy évoque son enfance orléanaise, ses attaches paysannes, ses premiers instituteurs, les écrivains français : Corneille, Racine, Hugo. C'est un pamphlet contre ce qu'il appelle le « parti intellectuel », qu'il déteste, lui qui s'attache à la simplicité du terroir.

Angoissé par la situation de la France en 1913, il apparaît comme un passionné intraitable et solitaire qui cherche à comprendre dans le mystère médiéval, dans le patrimoine culturel et dans la polémique moderne le drame contemporain.

La critique et la presse

Dans le domaine même de la critique littéraire, **la tradition est menacée** et les esprits sont partagés. Emile Faguet, Ferdinand Brunetière, Gustave Lanson et Jules Lemaître, dans leurs études sur la littérature française, restent conservateurs des méthodes du XIXe siècle. Mais **une nouvelle critique** est en train de naître. Elle est avant tout plus subjective. Theodor de Wyzewa la fait reposer sur la capacité émotionnelle : « Les choses ne sont pas destinées à être comprises, mais à être senties et aimées. » Le même principe anime Charles Péguy dans *les Cahiers de la Quinzaine* et Rémy de Gourmont qui fonde *le Mercure de France.*

Les journaux jouent un rôle essentiel à la veille de la guerre. En 1914, il y a à Paris 41 quotidiens politiques parmi lesquels *l'Humanité* (socialiste), fondée par Jean Jaurès, et *l'Action française* (royaliste), fondée par Charles Maurras. Avec six millions d'exemplaires par jour, la presse moderne est née.

Henri Bergson et l'intuition

La crise de l'esprit se trouve caractérisée par **la remise en question de l'analyse rationaliste** et par **le recours au spiritualisme.** Ces deux aspects de la pensée de Péguy ont trouvé un puissant stimulant dans l'œuvre d'Henri Bergson (1859-1941). Celui-ci donne dans *l'Evolution créatrice* (1907) la primauté à **l'intuition,** cette faculté de percevoir, d'analyser et d'organiser les données de la conscience. Ses recherches sur la perception du temps et ses relations avec la vie intérieure sont déterminantes pour Marcel Proust.

La littérature de demain est à l'état de germination. Des hommes jeunes, des œuvres nouvelles, des idées neuves, la préparent. Mais le souffle de la guerre menace ces bourgeons fragiles.

Ceux de Quatorze

Lorsque la guerre éclate, la France ne s'y engage que pour soutenir ses alliés. Mais, après avoir volé au secours des Belges, voici qu'il faut protéger Paris. Joffre y réussit en gagnant la bataille de la Marne. Cependant, le conflit s'étend et les soldats qui ne voulaient que défendre leur territoire sont appelés maintenant à changer l'ordre du monde. Ils ne voulaient que la paix : on leur demande la ruine de l'Allemagne et de l'Autriche. Tandis que Pétain et Foch, encouragés par Clemenceau, font la guerre jusqu'au bout — et ce sera Verdun en 1916 — les soldats, les poilus, les héros d'hier, sont devenus des martyrs.

□ On trouve dans *la Montée des périls*[1], de Jules Romains, *une analyse du climat social* qui avait préludé à ces événements, et dans *le Drapeau noir*[1], une étude de cette intelligentsia qui, avec Jaurès, refusait de croire à la guerre. Romain Rolland dans *Clérambault* (1920) reproche aux chefs de file de la pensée occidentale un manque d'autorité responsable du désastre. Roger Martin du Gard trace un tableau de cette période dans *l'Eté 1914*[2].

□ Un livre de Georges Duhamel raconte *la vie des combattants vus par eux-mêmes.* Jeune médecin mobilisé dans les services de santé, Duhamel relate son expérience de la souffrance et de l'horreur dans *Vie des martyrs* (1917). Roland Dorgelès (1886-1973) fait avec un réalisme sans concession le récit de la vie des poilus et de leur apprentissage de la mort dans *les Croix de bois* (1919). Henri Barbusse (1873-1935) peint la guerre dans toute son horreur dans *le Feu* (1916). Maurice Genevoix glorifie à son tour le courage de *Ceux de Quatorze* (1916-1923).

1. *Les Hommes de bonne volonté,* tomes IX et XIV.
2. *Les Thibault,* 7e partie.

Engagé dans l'aviation, Joseph Kessel y trouve l'inspiration de *l'Equipage* (1923). Mobilisé en 1916 — il a vingt ans —, blessé en 1918, Henry de Montherlant exalte dans *le Songe* (1922) les vertus viriles du combattant.

□ En Allemagne, le grand roman d'Erich Maria Remarque, *A l'Ouest rien de nouveau* (1928), pose les thèmes de la solitude de l'homme, des réconforts de la camaraderie et du sacrifice. Les écrivains allemands (Stefan Zweig, Thomas Mann, Rainer Maria Rilke) sont saisis par *un cas de conscience*, divisés entre la fidélité à leur pays, les amitiés qu'ils comptent en France et le sens qu'ils ont de *la culture dont ils sentent bien qu'elle devrait être, au-dessus de tous les fléaux, au service de l'humanité.*

□ Tandis que l'écrivain italien Giuseppe Antonio Borghese étudie les conséquences de la guerre dans son roman *Rubè*, l'Américain Ernest Hemingway traduit dans *l'Adieu aux armes* (1929) les désenchantements de la génération de 14-18.

□ Les quelque 250 000 mètres de pellicule qui constituent les archives cinématographiques de la guerre ont fait l'objet d'un montage de Jean Aurel et Cecil Saint-Laurent en 1963. Mais l'œuvre la plus significative est certainement *la Grande illusion* (1937) de Jean Renoir. Dans une séquence fameuse, deux officiers ennemis, l'aristocrate allemand von Rauffenstein et l'aristocrate français Boieldieu, nouent une amitié : le lendemain, von Rauffenstein, qui a dû abattre Boieldieu lors d'une tentative d'évasion, dépose sur le cadavre une fleur de géranium.

L'âge d'homme 1918-1939

Cette seconde période de l'histoire de la littérature du XXᵉ siècle s'inscrit entre deux guerres. Elle comprend deux décennies sensiblement différentes. L'armistice de 1918 ouvre sur une ère d'euphorie, les années 20 qu'on appelle « les années folles ». C'est le **temps des révélations.**

L'entre-deux-guerres est accueillie comme de grandes vacances. Le bilan a été lourd : 1 375 000 morts et 2 800 000 blessés. Les jeunes qui ont survécu [1] et ont atteint « l'âge d'homme » [2] en 1918 sont des rescapés. Ils vont alors traverser une époque exaltée propice à la révélation de tous les talents qui couvent, soit dans le domaine poétique, qui voit l'essor d'un mouvement considérable, le Surréalisme, soit dans le domaine romanesque, qui connaît une réussite exceptionnelle.

La femme s'émancipe. On s'étourdit, on se distrait. On danse le charleston. On applaudit les pièces de Jules Romains *(Knock)*, de Marcel Pagnol *(Marius)*, de Marcel Achard *(Jean de la Lune)* et de Sacha Guitry *(Deburau)*. Le cinéma devient parlant.

Mais les graves crises économiques à l'intérieur, les progrès des dictatures fascistes à l'extérieur, ne tarderont pas, au cours des années 30, à troubler cette trêve heureuse et féconde. Ce sera le **temps des engagements.**

1 Le temps des révélations

Deux genres connaissent un essor considérable : la poésie et le roman. Le mouvement surréaliste surgit après la guerre dans une époque relativement conservatrice. En

1. 27 % des jeunes de 18 à 27 ans sont tombés sur les champs de bataille.
2. Titre d'un ouvrage de Michel Leiris (cf. p. 60).

ces jours de commémorations, de remises de médailles, d'hommages aux anciens combattants et d'inaugurations de monuments aux morts, la phalange révolutionnaire qu'anime André Breton ne choque pas seulement les tenants d'une poésie plus traditionnelle : elle s'attaque aux mœurs.

L'offensive simultanée du roman est plus sournoise, plus sinueuse : elle n'en transformera pas moins, sans rupture tapageuse, à l'écart du Surréalisme, mais bénéficiant de ses acquis, une tradition ininterrompue depuis *la Princesse de Clèves* de Madame de Lafayette.

Le mouvement Dada, précurseur du surréalisme

L'aventure surréaliste commence en Suisse où un jeune poète roumain, Tristan Tzara, fonde en 1916 un mouvement qu'il baptise «Dada»[1]. Cette onomatopée exprime un désir de s'en remettre aux bizarreries de l'automatisme et du hasard. On rit de tout, on conteste tout. On met des moustaches à la Joconde. C'est le règne du tout est permis pourvu qu'on réfute les sacro-saintes conceptions de la morale et de l'esthétique passéistes. Les compagnons de Tristan Tzara (Max Ernst, Hans Arp, Giorgio de Chirico, Paul Klee, Vassili Kandinsky) viennent des horizons les plus divers, mais la Suisse n'est pas le terrain idéal pour l'ampleur de leur contestation.

Ils se rendent à Paris en 1919 et y rencontrent Pablo Picasso, André Breton, Paul Eluard, Louis Aragon qui, comme eux, recherchent un nouveau langage. Dada, c'est l'exhortation à la révolte. Le Surréalisme, c'est la révolution.

1. Le mot Dada (cheval dans le langage enfantin, idée favorite ou marotte dans le langage familier) a été trouvé au moyen d'un coupe-papier glissé au hasard entre les pages d'un dictionnaire Larousse.

La révolution surréaliste

Le Surréalisme est le mouvement le plus puissant du XXe siècle. Il s'est spontanément étendu à tous les arts. Il a gagné toutes les cultures européennes avant de s'imposer comme un ferment de la pensée universelle.

Les origines

Lorsque le Surréalisme passe à l'action dans les années 20, il résulte d'une évolution à laquelle Arthur Rimbaud avait donné, un demi-siècle plus tôt, l'impulsion majeure. Cet adolescent génial et révolté, marqué par la guerre de 70 et par la Commune, fait figure de précurseur. A nouveau, l'absurdité de la guerre dénonce l'absurdité de la société. De Rimbaud au Surréalisme, le langage poétique moderne se fraie un chemin avec des poètes qui s'appellent Corbière, Nouveau, Cros, Lautréamont, Mallarmé, Laforgue, Saint-Pol-Roux et qui, dans le sillage de Baudelaire et de Nerval, ont transposé « leur étrangeté sociale en solitude victorieuse » (G.-E. Clancier).

Le Surréalisme est d'abord **une révolte.** Dans le tohu-bohu de l'après-guerre, c'est autant une tentative de désordre, qui vise à renverser les courants de l'art, de la morale et de la société, qu'un effort d'ordre, qui donne à la pensée **des statuts nouveaux.**

Sa phase active s'inscrit dans des dates précises, 1924 (fondation du mouvement par André Breton) et 1929 (prises de position individuelles qui entraînent la dispersion).

Qu'est-ce que le surréalisme ?

Au XIXe siècle, vers 1850, le **Réalisme** s'était donné pour mission d'imiter la nature. Illustré par des écrivains comme Flaubert et des peintres comme Courbet, il n'avait pas tardé à devenir socialisant. Le **Naturalisme,** qui lui a succédé, avec pour chefs de file Zola en littérature et Corot, Manet et Degas en peinture, faisait référence à la science pour atteindre la réalité. Se fixant comme objectif l'exploration, non plus seulement de la nature visible, mais invisible, de l'homme, le **Surnaturalisme** apparaît comme une conséquence évidente.

Au début du XXe siècle, les travaux de Freud[1] font apparaître qu'une part de la personnalité humaine échappe à la conscience : il l'appelle le subconscient et cherche les moyens de le sonder. Ses investigations le conduisent à la découverte que réside dans le subconscient une explication du conscient. Les actes manqués, les lapsus, les erreurs, les rêves, les instincts de la sexualité, constituent autant de symptômes révélateurs de souvenirs, de désirs, d'impulsions, emmagasinés en nous à notre insu.

Les poètes surréalistes se donnent pour mission de capter cette « sur-réalité » (c'est Apollinaire qui est à l'origine de l'invention du mot « surréalisme », en désignant l'une de ses farces, *les Mamelles de Tirésias,* du nom de « drame surréaliste ») avant même que la raison ne la perçoive et ne l'organise. Gérard de Nerval, dans *Aurélia* (1855), avait rendu compte des hallucinations d'un homme guetté par la folie. Lautréamont, envoûté par ses propres cauchemars, s'en était exorcisé dans les *Chants de Maldoror* (1868). Rimbaud s'était livré dans *les Illuminations* (1886) à une voyance fulgurante du moi qui l'habitait. Alfred Jarry avait fait de l'absurde dans *Ubu Roi* (1888) un instrument d'**introspection individuelle** autant que de **contestation sociale.**

1. L'*Introduction à la psychanalyse* paraît en 1916.

Le Surréalisme ne se contente pas de réfuter la raison, qui a si longtemps régné sur l'art français. Il s'efforce de rendre la vie psychique, les fantasmes, les délires, les refoulements et de trouver **un langage pour exprimer l'inexprimé.**

En marge du Surréalisme

Certains poètes comme Max Jacob ou André Salmon ne sont pas prêts à assumer toutes les audaces du Surréalisme. D'autres en sont détournés par leurs aspirations spirituelles. Pierre Reverdy (1889-1960) s'installe à Solesmes en 1926. Il consacre une poésie simple et frémissante à la présence de Dieu dans notre univers familier (1919, *la Guitare endormie*).

Son mysticisme est empreint de sérénité. Il n'en est de même ni pour Oscar Milosz ni pour Pierre-Jean Jouve. D'origine lituanienne, Oscar Milosz (1877-1939) trouve dans le thème de don Juan (1912, *Miguel Mañara*) une aventure spirituelle à sa mesure. Marquée par le conflit du Bien et du Mal, sa poésie évolue vers la métaphysique et le mysticisme biblique.

Comme lui, Pierre-Jean Jouve (1887-1976) est obsédé par le thème de don Juan. Les conflits de l'érotisme coupable et de la punition par la mort éclatent dans son roman, *Paulina 1880,* dans ses poèmes et dans son analyse du *Don Giovanni* de Mozart.

Tristan Tzara (1896-1963) poursuit avec André Breton l'aventure commencée avec Dada. Mais il se détourne du Surréalisme vers 1935, adhère comme beaucoup de ses compagnons au Parti communiste et se consacre, sans abandonner la poésie, à l'action politique.

Le magnétisme d'André Breton promeut et anime désormais le mouvement surréaliste.

André Breton 1896-1966

ou la Force du magnétisme

Le fondateur du Surréalisme

André Breton a voué sa vie au Surréalisme. Mais la conviction avec laquelle il a entraîné ses premiers compagnons, l'énergie qu'il a déployée, l'ont rendu exigeant, voire intransigeant. Abandonné par ses amis de la première heure, comme Aragon ou Eluard, il n'en est pas moins resté fidèle au vaste mouvement qu'il a créé.

Dès le début, André Breton possède un don qui le désigne comme chef de file : un magnétisme puissant émane de sa personnalité. Il galvanise les enthousiasmes. Dans les milieux littéraires, il fait la connaissance de Philippe Soupault et, dans les services neuropsychiatriques de l'armée, celle de Louis Aragon, alors étudiant en médecine. Ce groupe, auquel viendra se joindre Paul Eluard, uni par un idéal commun, est à l'origine du Surréalisme. Il se donne pour but la conquête de la partie cachée de l'esprit.

De nouvelles conquêtes

Des lectures capitales guident André Breton. Les récents travaux de Freud ont révélé le rôle du subconscient dans la personnalité. *Les Chants de Maldoror* de Lautréamont avaient montré en 1868-1869 qu'une poésie sauvage pouvait sourdre des profondeurs de l'esprit et, échappant à l'emprise de la raison et de la volonté, s'inscrire en images fulgurantes.

Breton et ses amis veulent aller plus loin dans la recherche. Ils ont conscience que les richesses accumulées dans la nature humaine ne peuvent se développer librement si elles subissent l'effet d'une contrainte sociale trop forte. A la conquête de nouveaux objectifs et d'un nouveau langage s'ajoute la rébellion contre l'ordre établi.

Un nouveau langage

La réalité du subconscient est attestée par les rêves et les fantasmes. La difficulté consiste à exprimer l'indicible alors que le seul effort de le dire en altère la nature. Breton et les Surréalistes sont en quête d'un langage qui libérerait l'esprit en train de créer sans l'intervention de la volonté corruptrice.

Faire surgir le subconscient, c'est admettre la délivrance de messages immédiats, incontrôlés, à l'aide de tous les moyens qui abolissent la logique et la lucidité. A cet égard, les ratures paraissent révélatrices. Reprenant le premier jet en fonction d'un raisonnement, elles risquent d'apporter une retouche mensongère à l'écriture spontanée. C'est le conscient qui, en surimpression, corrige le subconscient. Aussi la revue *Littérature*, qui véhicule les idées du groupe surréaliste, devient-elle « Lis tes ratures ».

Parmi les moyens, expérimentés avant les Surréalistes par Nerval ou Baudelaire, pour forcer hors de l'esprit le subconscient, l'hypnose, la drogue, l'exploration des rêves, paraissent les plus adéquats. Breton poursuit des expériences sur les médiums. En 1928 d'ailleurs, il écrira un roman, *Nadja*, dont l'héroïne agit plongée dans le sommeil hypnotique.

Plus l'écriture sera spontanée, plus l'expression du subconscient sera authentique. L'écriture automatique, la dictée intérieure, consistent à relâcher la surveillance de la volonté et à inscrire les mots et les images tels quels.

Dans *les Vases communicants* (1932), Breton illustre l'idée selon laquelle la brusque mise en évidence de « deux objets aussi éloignés que possible l'un de l'autre » agit comme un procédé de création verbale. C'est beau, disait déjà Lautréamont, « comme la rencontre fortuite sur une table de dissection d'une machine à coudre et d'un parapluie ». Jusqu'alors l'art reposait principalement sur la logique des associations et le souci de la continuité. Pour les Surréalistes, tout dépend de l'association insolite. Breton ose intituler un recueil « Le revolver à cheveux blancs » : les peintres surréalistes dont il trace le portrait dans *le Surréalisme et la peinture* (1928) useront librement de ce procédé. Un jeu surréaliste appelé « Cadavre exquis »[1] consiste à faire composer par plusieurs joueurs sur des papiers pliés une phrase fortuite, chacun ignorant ce que l'autre a écrit. On obtient par exemple : « La petite fille anémiée fait rougir les mannequins encaustiqués. » On voit les limites du procédé : le hasard débouche sur l'incohérence.

Le théoricien

Le *Manifeste du Surréalisme*, qu'André Breton fait paraître en 1924, donne enfin une définition du Surréalisme : « Automatisme psychique pur, par lequel on se propose d'exprimer, soit verbalement, soit par écrit, soit de toute autre manière, le fonctionnement réel de la pensée. Dictée de la pensée, en l'absence de tout contrôle exercé par la raison, en dehors de toute préoccupation esthétique ou morale. » Breton fait le procès du réalisme, parce qu'il restreint le champ des investigations et engendre la médiocrité. Il condamne le roman, qui en est le produit, parce qu'il est soumis à la logique.

La force des images

La poésie d'André Breton se caractérise par un débordement d'images chargées de traduire le rêve, le merveilleux, l'amour. Aux antipodes de Valéry, qui crée consciemment les images, Breton se laisse porter par elles.

De *Clair de terre* (1923) à *l'Amour fou* (1937), Breton s'interroge sur l'activité du subconscient comme domaine d'élection du désir et sur les chances que le désir a de survivre dans l'amour. Il est le poète de la femme et de l'union libre :

Ma femme aux yeux pleins de larmes
Aux yeux de panoplie violette et d'aiguille aimantée
Ma femme aux yeux de savane
Ma femme aux yeux d'eau pour boire en prison
Ma femme aux yeux de bois toujours sous la hache
Aux yeux de niveau d'eau de niveau d'air de terre de feu

1. Ce sont les deux premiers mots d'une phrase née du hasard.

Les révoltes successives

Peu à peu, Breton se voit entraîné dans un combat plus vaste contre la société, la philosophie, la religion. Avec son adhésion au Parti communiste en 1927, son action devient politique. Pourtant, dans les rangs du Surréalisme, les enthousiasmes se sont émoussés, les démarches particulières ont désintégré l'esprit d'équipe.

Vers 1938, il semble que le Surréalisme ne soit plus qu'état de survie. Devant les progrès du stalinisme, Breton voit en outre tout ce qui sépare le Surréalisme du marxisme. Il rompt avec le Parti. La guerre éclate, il s'exile aux Etats-Unis. En 1945, plus personne, à part Breton, n'est surréaliste.

Ferment de l'une des plus importantes révolutions artistiques des temps modernes, André Breton a su donner à ces « grandes lueurs tournoyantes » qui rôdent dans la « Forêt Pétrifiée de la culture humaine » ce moment d'éclat qui suffit à illuminer le reste du XXᵉ siècle.

Breton et ses amis peintres

Sous le titre *le Surréalisme et la peinture* paraît en 1928 un essai d'André Breton qui n'est pas seulement un hommage à ses amis peintres, mais l'évocation d'un langage qui, sur le plan visuel, cherche à atteindre des objectifs équivalant à ceux de la poésie surréaliste.

Breton trace l'évolution d'une sensibilité différente : il traite de peintres dont l'œil « à l'état sauvage » commence « à voir ce *qui n'est pas visible* ». A propos d'artistes comme Chirico, Picasso, Dali, Magritte, Miró, tous mêlés à l'essor et à l'épanouissement du Surréalisme, André Breton traduit une idée qu'avait, mieux que personne, exprimée prophétiquement un peintre allemand : « Clos ton œil physique afin de voir d'abord ton tableau avec l'œil de l'esprit. Ensuite, fais monter au jour ce que tu *as vu dans ta nuit* »[1].

1. Caspar David Friedrich (1774-1840).

Louis Aragon

1897-1982

Du défi à la tradition

De 1917 à 1931, Louis Andrieux dit Aragon est, de tous les promoteurs du Surréalisme, le plus virulent. On peut en juger par le pamphlet intitulé « Un cadavre » qu'il dirige en 1924 contre Anatole France, symbole abhorré de l'écrivain parvenu. Pourtant, après sa rupture avec les milieux surréalistes en 1932, Aragon choisit une voie résolument réaliste et traditionnelle.

Le Surréaliste

Etudiant en médecine et interne des hôpitaux de Paris, Louis Aragon fait la connaissance d'André Breton au Val-de-Grâce en 1917. Cette amitié dure jusqu'en 1931, début de l'« affaire Aragon ». Celle-ci est déclenchée par la publication d'un poème intitulé « Front rouge » qui vaut à Aragon d'être inculpé :

> J'assiste à l'écrasement d'un monde hors d'usage
> J'assiste avec enivrement au pilonnage des bourgeois

Ses camarades se solidarisent d'abord avec lui sur le problème de la liberté d'expression. Mais l'affaire dégénère à l'intérieur du clan surréaliste en une querelle dogmatique. A la suite de la Conférence internationale des Ecrivains prolétariens et révolutionnaires, qui s'est tenue à Kharkov et à laquelle Aragon avait assisté, les Surréalistes estiment que la conception marxiste de l'artiste s'écarte de leur propre point de vue : « Privé du droit de poursuivre ses investigations dans le domaine qui lui convient, tôt ou tard cet homme sera perdu pour lui-même et perdu pour la révolution. » Aragon réplique, en mettant en cause le principe même de la psychanalyse qui « a servi aux Surréalistes à étudier le mécanisme de l'inspiration » et qui pourrait devenir dans ses applications une arme bourgeoise.

Dans ses romans surréalistes (1920, *Anicet ou le panorama*; 1926, *le Paysan de Paris*) comme dans ses poèmes surréalistes, Aragon avait pourtant été un militant insolent et chaleureux. Les poèmes, parfois automatiques, de *Feu de joie* (1920) et du *Mouvement perpétuel* (1926) sont autant de messages de liberté dans lesquels il se laisse emporter par le vertige de l'écriture, parfois facile, les répétitions, les échos, les rimes intérieures.

Après sa désertion du Surréalisme, d'aucuns disent sa trahison, sa poésie elle-même revient à la rime et à l'alexandrin, à la tradition.

Le chantre de l'amour

La rencontre en 1928 d'Elsa Triolet, belle-sœur de Maïakovski[1], change sa vie. Jusqu'à la mort de sa compagne en 1970, il lui consacre la plus grande partie de son œuvre poétique : *Cantique à Elsa* (1941) et tous les autres recueils qui portent le nom d'*Elsa*. Le visage de la femme aimée devient le visage de tout un peuple :

L'histoire et mon amour ont la même foulée
J'écris contre le vent majeur et que m'importe
Ceux qui ne lisent pas dans la blondeur des blés

Ainsi l'idéal prolétarien d'Aragon glisse-t-il vers un patriotisme dont la femme est l'inspiratrice. Il donne le meilleur de lui-même dans cette expression savante et raffinée de l'amour.

Le militant communiste

Adhérent depuis 1927 du Parti communiste, Aragon se consacre au journalisme politique. Il est rédacteur à *l'Humanité* et directeur des *Lettres françaises* de 1953 à 1972. Il se rend presque chaque année en Union Soviétique. Il reçoit le prix Lénine international de la Paix. Cependant, devant les brimades et les sanctions dont sont

1. Poète soviétique (1893-1930).

l'objet les intellectuels des républiques socialistes, et surtout l'invasion par l'armée soviétique de la Tchécoslovaquie en 1968, il réagit. Ses positions autant que ses silences sont jugés discutables.

Le romancier

De même que le poète ou le journaliste, le romancier se met au service d'une révolution si totale qu'elle s'étendra à la morale et à l'esthétique. Dans de larges fresques sociales, il dénonce les tares de la bourgeoisie de toutes les époques. Affirmant que « c'est dans la réalité que le réaliste puise son art », il donne comme titre à son premier cycle romanesque « *Le Monde réel* ».

Il y reprend les procédés de Balzac et de Zola, tel le retour des personnages. L'action des *Cloches de Bâle* (1934), des *Beaux Quartiers* (1936), des *Voyageurs de l'impériale* (1942) et d'*Aurélien* (1945) recouvre les années 1889-1922.

« ... de l'impériale on ne peut que regarder les cafés, les réverbères et les étoiles » : les deux « voyageurs » sont Pierre Mercadier et son fils Pascal dont Aragon raconte la vie de 1889 à 1914. Catherine, l'héroïne des *Cloches de Bâle*, est une femme des temps nouveaux (1904-1912) qui prend conscience des luttes ouvrières et des répressions qu'elles engendrent. Dans *les Beaux Quartiers* s'affrontent deux frères, Armand, le briseur de grèves, et Edmond, vivant symbole de la réussite sociale. *Aurélien*, dont l'action se déroule au cours de l'hiver 1921-1922, développe le double thème de l'impossibilité du couple et du scepticisme des jeunes au lendemain de 14-18.

Les six volumes des *Communistes* (1949-1951) décrivent la période qui s'étend de février 1939 à juin 1940. Dans *la Semaine sainte* (1958), Aragon montre qu'à toutes les époques « l'avenir de l'homme, c'est la jeunesse qui lui survit » et exprime son espoir dans l'avenir de l'humanité.

Jules Supervielle 1884-1960

ou l'Evasion féerique

J'aurai rêvé ma vie à l'instar des rivières
Vivant en même temps la source et l'océan
Sans pouvoir me fixer même un mince moment
Entre le mont, la plaine et les plages dernières

Ces quatre vers de *Gravitations* (1925) nous apprennent qui était Jules Supervielle, un rêveur et un nomade en quête de ces réalités souterraines qui échappent à nos sens et que seuls perçoivent les poètes. Ne l'a-t-on pas appelé le « sourcier des nappes secrètes » ?

De souche béarnaise, c'est cependant en Uruguay que Jules Supervielle voit le jour. Il y revient souvent. Les étendues de l'océan, le dépaysement de la flore et de la faune, font passer dans son œuvre des souffles, des ondes, des parfums étrangers. Il métamorphose la réalité, se détourne d'un exotisme facile et fait de ce continent américain une zone imaginaire où son rêve se meut.

Sa tendresse pour le monde animal, son expérience des traversées maritimes et des grands espaces, emplissent toute son œuvre.

Son sens du merveilleux, tantôt grave, tantôt burlesque, s'exerce dans des contes inspirés par les histoires de Barbe-Bleue, de Sheherazade, de Robinson, mais s'exprime surtout dans deux œuvres pleines d'émotion. *L'enfant de la haute mer* (1931) réunit des contes où le fantastique apparaît avec la simplicité de la vie quotidienne. Une petite fille solitaire habite une ville flottante, « un jardin clos de murs, garnis de tessons de bouteilles, par-dessus lesquels sautait parfois un poisson », et qui n'est peut-être que le mirage d'un marin. *Le voleur d'enfants* (1948) entraîne le lecteur à la suite d'un jeune garçon volé, dans des aventures imprévues.

Pour Supervielle, le monde est une fable. Les êtres et les choses sont fluides comme l'eau, impalpables comme l'air, et nous étonnent à chaque instant.

Robert Desnos 1900-1945

ou l'Acrobatie verbale

Robert Desnos se caractérise par un humour mis au service d'une poésie chaleureuse.

Il garde de son enfance le sens populaire des rondes et des comptines. Aussi, lorsqu'il rejoint le Surréalisme, se passionne-t-il pour les jeux de mots, les rébus et les contrepèteries. Il est conquis par l'écriture automatique : en état d'hypnose, il parle, il écrit, il dessine. Les poèmes de *Rose Sélavy* (1922-1923) et de *Langage cuit* (1923) portent la trace de leur naissance fortuite : « Dans l'escalier, je la rencontrai. “Je mauve” me dit-elle et tandis que moi-même je cristal à pleine ciel-je à son regard qui fleuve vers moi. »

A ces innovations audacieuses succède une poésie plus proche du langage des enfants. C'est que Desnos, à qui les Surréalistes ont reproché le caractère licencieux de *la Liberté ou l'amour* (1927), vient de rompre avec André Breton. L'année même où il réunit ses poèmes sous le titre de *Corps et biens* (1930), il estime que le Surréalisme est tombé dans « le domaine public ».

Il revient dans ses *Chantefables et Chantefleurs* (1944) à une poésie mesurée et rimée pleine de fantaisie spontanée. Tous les écoliers ont appris l'orthographe en récitant *les Hiboux* :

Ce sont les mères des hiboux
Qui désiraient chercher les poux
De leurs enfants, leurs petits choux,
En les tenant sur leurs genoux.

Mais ce charmant poète, qui chante aussi l'amour, n'écoute que son courage lorsque la guerre éclate. Il s'engage dans un réseau de Résistance. Arrêté, déporté, il meurt du typhus, lui qui avait su, grâce à la magie des mots, exprimer l'effusion la plus sincère.

René Char

1907-...

ou la Gravité lyrique

L'expérience poétique de René Char passe par le Surréalisme qui, de 1929 à 1934, ne fait que développer sa « conscience poétique ». Il s'en éloigne sans rompre ses attaches.

Né dans le Vaucluse, à l'Isle-sur-la-Sorgue, René Char est surtout fidèle à sa région, à sa rivière natale :

> Rivière où l'éclair finit et où commence ma maison,
> Qui roule aux marches d'oubli la rocaille de ma raison.

Il n'est pas le poète des expérimentations systématiques du langage : l'union profonde de l'homme et de la nature, la perception du tragique, l'emporte sur les jeux de l'écriture. Les poèmes du *Marteau sans maître* (1934) et de *Moulin premier* (1937) témoignent de cette concision vers laquelle il ne cessera de tendre. Il tient l'injustice en aversion, et la guerre lui donne la tragique occasion de se révolter. Il y mesure en revanche la noblesse et la fragilité humaines. Son expérience de maquisard lui inspire les *Feuillets d'Hypnos* (1946) dans lesquels il fait preuve d'un humanisme pudique et grave. Sa poésie y prend l'aspect d'aphorismes[1] où le message moral s'exprime en images simples et rigoureuses.

De *Fureur et mystère* (1948) à *Aromates chasseurs* (1976), la sérénité domine la quête de René Char vers la beauté et la lumière.

1. Maximes énoncées en peu de mots.

Paul Éluard

1895-1952

ou la « Poésie ininterrompue »

La poésie court, « ininterrompue », selon le titre de l'un de ses recueils, d'un bout à l'autre de la vie de Paul Eluard, nourrie de son expérience d'homme épris d'amour et de liberté. L'un des fondateurs du mouvement surréaliste, Eluard est, de tous ses compagnons, celui qui est devenu le plus populaire et qui a exercé le plus d'influence sur la jeune poésie. Pour parler du sable, de l'arbre, du grand oiseau tremblant et de la pluie des vallées, de la terre qui est « bleue comme une orange », de l'amour qui chasse la solitude et l'ennui, de l'appétit de liberté au cœur des hommes, démenti par la guerre, il a trouvé des mots et des images qui, sortis de lui-même, touchent tous les autres.

Le Surréaliste

Après une jeunesse fragile, il se lie avec Breton, Aragon et Soupault, mais, en 1924, il effectue un voyage autour du monde. Aussi son véritable « Surréalisme » ne date-t-il que de 1926 avec la publication de *Capitale de la douleur*. Cette période dure jusqu'en 1934. Comme la plupart des Surréalistes, il est alors sollicité par les événements, les positions du Parti communiste, la guerre d'Espagne. Sa vie personnelle prend un nouvel essor. Et il se détourne du Surréalisme pur.

L'amour

A travers toute son œuvre, l'amour, avec un sens profond et sensuel de l'union des êtres, frémit d'un recueil à l'autre, de *la Vie immédiate* (1932) aux *Yeux fertiles* (1936) et aux *Derniers poèmes d'amour* (posthume, 1962).

La liberté

Comme Aragon, comme la plupart des Surréalistes, Eluard chante l'amour, l'égalité des sexes, mais aussi cet idéal commun de liberté que peuvent partager un homme et une femme :

Toi qui fus de ma chair la conscience sensible
Toi que j'aime à jamais toi qui m'as inventé
Tu ne supportais pas l'oppression ni l'injure
Tu chantais en rêvant le bonheur sur la terre
Tu rêvais d'être libre et je te continue

Son poème le plus célèbre s'achève par le mot attendu au fil des strophes : « Liberté ».

Les images

L'amour, la liberté, il les exprime dans un scintillement d'images serties les unes dans les autres, jaillies toutes en même temps d'un élan de ferveur. Il est celui qui fait sourdre des métaphores inattendues, riches, vibrantes, saisies au cœur de la perception :

Jours de lenteur, jours de pluie
Jours de miroirs brisés et d'aiguilles perdues
Jours de paupières closes à l'horizon des mers...

En dépit de leur hermétisme apparent, elles ne résistent guère à la sagacité du lecteur parce qu'elles sont nées non des caprices du langage, mais de la vérité de l'âme. Plus que tout autre Surréaliste, Éluard s'est attaché à la musicalité. Ne le considère-t-on pas comme le musicien du groupe ?

La guerre

Les sinistres années 1940-1945 lui inspirent *Poésie et vérité* et *Au rendez-vous allemand*, où il exprime sa haine du mal et son droit à l'espoir. Il chante « les maquis couleur de sang d'Espagne », les espoirs des prisonniers de guerre et des déportés politiques qui cherchent encore « le bonheur d'être sur terre ».

En 1952, une angine de poitrine emporte celui qui réunissait dans un seul titre « *l'Amour la Poésie* » et n'avait été esclave que

De l'amour comme on peut l'être de la liberté.

Variations surréalistes

Chaque mouvement, du Romantisme au Symbolisme, a eu ses peintres et ses musiciens. Le Surréalisme s'étend spontanément à tous les autres arts. Il se saisit même du plus jeune d'entre eux, *le septième*.

□ *Entracte* de René Clair (1924) marque l'adhésion initiale du cinéma au mouvement surréaliste. C'est Luis Buñuel qui donne, sur des scénarios de Salvador Dali, les deux chefs-d'œuvre du cinéma surréaliste : *Un Chien andalou* (1929) et *l'Age d'or* (1930). Les images insolites de ces films : *un corbillard traîné par un chameau* dans *Entracte, des pianos à queue remplis d'ânes pourris* dans *Un Chien andalou, des squelettes d'évêques sur des récifs* dans *l'Age d'or*, témoignent d'associations provocatrices qui cherchent à restituer les rencontres fortuites opérées dans le subconscient.

□ En musique, les titres qu'Erik Satie donne à ses pièces sont autant de clins d'œil impertinents à la musique « sérieuse » : *Trois morceaux en forme de poire, Préludes flasques pour un chien, Descriptions automatiques* ou *Affolements granitiques* !

□ Le peintre surréaliste ridiculise la redondance entre le tableau et son titre. Mieux, *l'écart entre le sujet et le titre en accuse l'insolite et force l'imagination de l'observateur qui s'interroge sur le sens caché de l'œuvre.* Un jockey figure « l'enfance d'Icare » (Magritte), des locomotives parcourent des architectures (Chirico), un canapé vert est posé devant une acropole antique (Delvaux), des girafes s'enflamment, des montres s'amollissent... C'est le pinceau, plus que la plume ou la caméra, qui réussit le mieux à rendre les visions de l'esprit avec la vraisemblance du réel.

Prolongements

Le terme de « surréalisme » a été souvent galvaudé. Il est certain que, dans leur désir d'exprimer le monde du subconscient, de nombreux artistes « ont fait du surréalisme ». La littérature et la peinture en seront fortement imprégnées sans qu'on puisse fixer une date limite à l'évolution de ce phénomène.

Tous ceux qui ont commencé à écrire dans les années 20 ont été, peu ou prou, marqués par le Surréalisme. C'est le cas de Raymond Queneau, de Jacques Prévert ou de Julien Gracq, par exemple. Michel Leiris, qui fréquente les Surréalistes à partir de 1924, illustre un aspect particulier de l'art surréaliste. Ethnologue, il s'intéresse aux arts primitifs et barbares que l'Exposition coloniale de 1931 avait mis à la mode et qui constituent une provocation contre les arts humanistes occidentaux. L'œuvre de Michel Leiris est, par ailleurs, presque exclusivement autobiographique (1939, *l'Age d'homme*).

L'exotisme est représenté par Aimé Césaire (1912) qui se fait le défenseur de la négritude dans une œuvre débordante de lyrisme (1948, *Soleil cou coupé*).

C'est sans doute par la peinture que le Surréalisme s'est le mieux affirmé. Après l'Impressionnisme, il aura constitué, entre le Cubisme et l'Abstrait, la grande révolution picturale moderne.

Le théâtre après 1918

Une révolution scénique se prépare. Mais elle réside moins dans la conception littéraire des œuvres que dans l'évolution du style théâtral.

Pour Jacques Copeau (1879-1949), la scène n'est plus un lieu où l'on récite un texte. « Le metteur en scène, écrit-il, invente et fait régner entre les personnages ce lien secret et visible, cette sensibilité réciproque, cette mystérieuse correspondance des rapports, faute de quoi le drame, même interprété par d'excellents acteurs, perd le meilleur de son expression. »

Sous l'influence de prestigieux metteurs en scène étrangers, Lugné-Poe, Gaston Baty ou Charles Dullin élaborent une nouvelle technique du jeu, du décor, des éclairages, de la musique, qui permettra aux dramaturges futurs de trouver les meilleures conditions de représentation de leurs œuvres.

Paris découvre le répertoire étranger, le Flamand Crommelynck, les Scandinaves Ibsen et Strindberg, l'Allemand Bertolt Brecht, l'Irlandais Bernard Shaw. Un couple d'acteurs d'origine russe, Georges et Ludmilla Pitoëff, favorisent la diffusion des adaptations de Dostoïevski, Tolstoï, Gogol ou Tchekhov.

On renonce maintenant à la représentation fidèle et logique de la réalité pour mieux montrer, par la dislocation de l'action dramatique, le tréfonds des âmes. C'est la révélation qu'apporte Luigi Pirandello avec *Chacun sa vérité* (1917) et *Henri IV* (1922).

Antonin Artaud se fait le théoricien d'un théâtre nouveau.

Antonin Artaud

1896-1948

ou la Folie visionnaire

Exalté, fiévreux, sombre, sont les adjectifs qui décrivent le mieux Antonin Artaud. Ce sont aussi les caractères qu'il confère au Surréalisme. Et toutes les expériences auxquelles il est confronté dans sa vie ne font qu'accroître ces tendances de sa personnalité : qu'il traverse le Surréalisme, qu'il se consacre au cinéma ou au théâtre, qu'il voyage chez les peuplades primitives.

Un état physique

Dès son enfance, à Marseille, Antonin Artaud a souffert de troubles psychiques. Ils ont marqué sa vie d'une sorte de folie visionnaire. Ils lui ont valu dix ans d'internement. Dans *l'Ombilic des limbes* (1925), il s'efforce de décrire les sensations qu'il éprouve : « Une exacerbation douloureuse du crâne, une coupante pression des nerfs, la nuque acharnée à souffrir, des tempes qui se vitrifient ou se marbrent, une tête piétinée de chevaux. »

En 1920, Artaud se fixe à Paris. Il rejoint le Surréalisme avec la frénésie et le sens du tragique qu'éprouvent ceux pour qui il n'y a pas de demi-mesure. Vers 1927, il trouve les engagements surréalistes trop modérés et, tout en restant fidèle à l'esprit de ce mouvement, lui reproche de ne pas aller assez loin encore dans la révolte.

Théâtre et cinéma

De 1926 à 1935, le théâtre et le cinéma constituent l'essentiel de son activité.

Il tourne sous la direction de metteurs en scène prestigieux. Ce visage brûlé de passion et de terreur dans la *Jeanne d'Arc* de Dreyer (1928), c'est le sien. Ce Marat ardent et révolté du *Napoléon* d'Abel Gance (1926), c'est lui.

A cette époque, il fonde avec Roger Vitrac le Théâtre Alfred-Jarry. Vitrac y fait représenter *Victor ou les enfants au pouvoir* (1928) dans une mise en scène d'Artaud. La pièce est, dans la tradition surréaliste de Jarry, une attaque brillante et cocasse de la respectabilité.

Artaud écrit deux textes fondamentaux sur le théâtre : *le Manifeste du théâtre de la cruauté*, et surtout *le Théâtre et son double* (1938). Il y plaide en faveur d'un théâtre métaphysique qui, remontant aux sources, au théâtre antique, aux mystères du Moyen Age, au théâtre oriental, aux représentations magiques, communiquerait aux spectateurs une émotion authentique, étrange, mystique, terrible.

L'insurrection du mal

Lors d'un voyage au Mexique en 1936, Artaud assiste à une cérémonie rituelle indienne, la danse du peyotl, qui l'initie à une culture primitive et occulte, et dont il rapporte une relation *(les Tarahumaras)*. Au cours de la traversée qui le ramène en France, il est pris d'une agitation si inquiétante qu'il est nécessaire de l'hospitaliser. Lui, l'illuminé, le maudit, il rencontre le destin de Van Gogh qu'il avait évoqué : « En face d'une humanité de singes lâches et de chiens mouillés, la peinture de Van Gogh aura été celle d'un temps où il n'y eut pas d'âme, pas d'esprit, pas de conscience, pas de pensée, rien que des éléments premiers tour à tour enchaînés et déchaînés » *(Van Gogh ou le suicidé de la société)*.

Cette passion tragique de l'homme en lutte avec ses obsessions et ses angoisses autant qu'avec le mal physique qui le mine emplit l'œuvre d'Antonin Artaud dont certains ouvrages comptent parmi les textes surréalistes fondamentaux.

L'extraordinaire ascension du roman

Après la mort de Marcel Proust en 1922, l'idée balzacienne du « cycle » romanesque qu'il avait reprise dans *A la recherche du temps perdu*, est largement exploitée. A l'aide de quelques-unes de ces œuvres dont l'envergure dépasse le cadre du simple roman psychologique, on peut véritablement lire les événements qui sont la trame même de l'histoire de France de 1889 à 1940 et découvrir la transformation des sociétés.

Les chroniqueurs

L'idée maîtresse que Jules Romains (1885-1972) avait exprimée en créant au début du siècle un mouvement appelé l'« unanimisme » — l'individu est solidaire de la collectivité —, s'élargit et se diversifie dans les 27 volumes des *Hommes de bonne volonté* (1932-1947). Jules Romains est aussi l'auteur d'œuvres satiriques comme la célèbre pièce *Knock ou le Triomphe de la médecine* (1923).

La composition des 8 volumes des *Thibault* a occupé Roger Martin du Gard (1881-1958) de 1922 à 1940. Il y observe une famille dans la tourmente. La morale bourgeoise et chrétienne du père (Oscar Thibault) se heurte à l'anticonformisme de l'un de ses fils (Jacques), tandis que l'autre (Antoine) respecte la tradition familiale. Le roman s'achève par le double échec de l'idéalisme marginal et du positivisme conservateur.

Georges Duhamel (1884-1966) s'intéresse moins à la description de la société contemporaine qu'à l'analyse de la vie intérieure. De 1920 à 1932, il est occupé par les 5 volumes de *Vie et aventures de Salavin*, un homme qui trouve de la grandeur dans l'acceptation de sa médiocrité. De

1935 à 1945, il rédige les 10 volumes de *la Chronique des Pasquier*. On y voit la sottise du père (Raymond Pasquier), la suffisance et la mesquinerie des fils, rachetés par l'élévation de leur sœur, Cécile, musicienne inspirée, et l'idéalisme de leur frère, Laurent.

Les *Pasquier* comme les *Thibault* peignent les conflits de ces générations dont la guerre vient de brusquer les métamorphoses.

Les maîtres de la prose

Moraliste délicat, Jacques Chardonne (1884-1968) montre dans *Claire* (1931) que le bonheur à deux, difficile, réside dans l'humble acceptation du quotidien.

Jacques de Lacretelle (1888-...) trace dans *Silbermann* (1922) et *le Retour de Silbermann* (1932) le portrait d'un jeune Juif en butte à l'antisémitisme.

Dès 1921, avec *Ouvert la nuit*, Paul Morand (1888-1976) apparaît comme un styliste particulièrement doué pour l'art de la nouvelle. Diplomate de carrière, il laisse de nombreuses relations de voyages.

La décade prodigieuse

De 1920 à 1930, de *Du côté de Guermantes* aux premiers romans d'André Malraux, le genre romanesque traverse une période d'apogée.

Parmi tous les auteurs qui poursuivront ensuite leur œuvre, un seul n'a pas de chance, Raymond Radiguet (1903-1923), emporté à l'âge de 20 ans par une fièvre typhoïde.

Lecteur précoce de Stendhal, de Rimbaud, de Mallarmé et de Proust, Raymond Radiguet compose entre 16 et 20 ans *le Diable au corps* (1923) et *le Bal du comte d'Orgel* (1924).

Le Diable au corps raconte l'histoire d'un adolescent qui vit en 1918 l'aventure d'un homme mûr (il devient l'amant d'une femme dont le mari est à la guerre) et qui ne la comprend pas. Ce sujet devait faire scandale. Au contraire, reprenant dans *le Bal du comte d'Orgel* le sujet de *la Princesse de Clèves*, de Madame de Lafayette, et du *Lys dans la vallée*, de Balzac, Radiguet y montre une femme qui sacrifie sa passion au devoir.

Du roman au théâtre

Au cours de ces années fécondes, le roman tantôt poursuit son cours grave et majestueux, tantôt éclate dans des directions nouvelles.

De nombreux romanciers s'essaient au théâtre (Gide, Mauriac, Bernanos, Green). Montherlant surpasse ses romans dans ses pièces. Seul, Giraudoux réalise avec bonheur l'harmonie entre les deux genres.

Jean Cocteau

1889-1963

ou les Dons multiples

Jean Cocteau est profondément poète. C'est peut-être le dénominateur commun de tous les dons que la nature a multipliés en lui : romancier, dramaturge, cinéaste, peintre... Sa vie, c'est celle de son temps. Elle commence avec ce Paris 1900 qu'il évoque si bien dans *Portraits-Souvenir*. Il côtoie les peintres cubistes en compagnie d'Apollinaire. Il découvre la poésie automatique bien avant les Surréalistes. Et ainsi, jusqu'à sa retraite à Milly-la-Forêt, entrecoupée de séjours sur la Côte d'Azur, il est le témoin permanent de son époque.

Les métamorphoses de la poésie

Son lyrisme se révèle dans des recueils comme *Plain-Chant* (1925) ou *Opéra* (1927). Sans doute doit-il à l'influence de Radiguet un retour à la rigueur classique après un vagabondage du côté de l'avant-garde.

Parmi ses romans, il faut retenir *le Potomak*[1] (1919) où se mêlent prose, poésie, dessin, roman autobiographique d'une grande modernité ; *le Grand écart* (1923) ; et surtout *les Enfants terribles* (1929) qui, plus que le tableau de la jeunesse émancipée de l'entre-deux-guerres, trace la mythologie personnelle de Cocteau.

Celle-ci apparaît dans toute sa diversité dans la « poésie de théâtre » qui reprend les grands mythes classiques (Antigone, Orphée, Œdipe) et les thèmes éternels de l'amour et de la mort (Roméo et Juliette, Renaud et Armide). Il prête aux héros antiques ou médiévaux un langage qui actualise leurs conflits. Il

1. Suivi de *la Fin du Potomak* (1939).

dévoile avec la lucidité d'un homme moderne le mécanisme des tragédies grecques (1934, *la Machine infernale*) (cf. p. 84).

Le thème de Jocaste, la mère qui épouse son fils Œdipe, court de la tragédie grecque de *la Machine infernale* à la tragédie contemporaine des *Parents terribles*, huis clos sur lequel règne une mère possessive. Le mélodrame antique ou actuel participe aussi bien à l'univers de Cocteau que le romantisme décadent de *l'Aigle à deux têtes* (1946).

Les mêmes thèmes hantent son œuvre cinématographique : la fonction du poète (1930, *le Sang d'un poète*), les miroirs qui communiquent avec l'au-delà et les anges de la mort (1950, *Orphée*), les enchantements fantastiques du conte (1945, *la Belle et la Bête*), la pérennité des mythes (1943, *l'Eternel retour*).

Jean Cocteau collabore avec les musiciens. Il peint. Il dessine. La prodigalité de ses talents a peut-être masqué la gravité et la profondeur de son œuvre. Sous le kaléidoscope des jeux de l'esprit se cache cette « difficulté d'être » dont il parle dans l'un de ses livres.

Le sens du tragique

C'est peut-être dans l'intuition du tragique qui imprègne nos vies que réside l'unité de la pensée de Cocteau. On l'accusa de suivre toutes les modes en « prince frivole », mais, à travers les modes, par le moyen du roman, du théâtre, du film ou de la fresque, Cocteau est en quête de sa vérité intérieure[1].

1. Il faut souligner le talent de Jean Cocteau dans le domaine graphique. Son œuvre de dessinateur et de peintre, comme en témoignent les fresques des chapelles de Villefranche-sur-Mer ou de Milly-la-Forêt, constitue une autre manière d'exprimer son monde intérieur.

Colette

1873-1954

ou l'Amour de la vie

Au milieu de cette pléiade de romanciers apparaît enfin une authentique grande romancière. Colette s'intègre parfaitement dans cette génération d'hommes qui semblaient détenir le pouvoir littéraire. Sans renoncer à sa condition de femme, elle sait au contraire en exalter les vertus particulières et communiquer à ses livres une sensibilité féminine qui n'est plus synonyme de faiblesse.

La vagabonde

D'origine bourguignonne, Colette est introduite dans le Tout-Paris du début du siècle par son premier mari, Willy.

Divorcée en 1910, elle épouse bientôt Henry de Jouvenel, rédacteur en chef du *Matin*, journal dont elle assume à partir de 1919 la direction littéraire. Séparée de ce second mari, elle partage la vie de Maurice Goudeket et passe le reste de son existence entre son appartement du Palais-Royal, où elle est voisine de Jean Cocteau, et sa villa de Saint-Tropez, qui porte le joli nom de « La treille muscate ».

Elle succède en 1935 à Anna de Noailles à l'Académie de langue et de littérature françaises de Belgique[1] et devient présidente de l'Académie Goncourt. Elle a droit à des funérailles nationales dans la cour du Palais-Royal qu'elle contemplait de sa fenêtre tandis que sa plume parcourait le papier bleu griffé par les chats, sous la lumière bleue de sa lampe qu'elle appelait un « fanal ».

1. Qui, bien avant l'Académie française, s'avisa d'ouvrir ses portes aux femmes.

Bleu comme l'âme

Car Colette, c'est la couleur bleue, pelage gris-bleu des chats, regards de pervenche, ombres bleuâtres de la Méditerranée et du ciel. L'expérience du monde, les accrocs de sa vie sentimentale, n'ont pas feutré les cheminements de son âme ni ralenti cette ascension vers la sérénité qu'elle accomplit dans le renoncement aux vanités, et l'amour des bêtes et de la nature.

De la jeune fille à la femme mûre

Dans ses romans elle examine l'âme féminine, ses relations avec le monde masculin, plus encore, ses relations avec la vie. Ses jeunes héroïnes montrent une volonté et une passion d'être elles-mêmes, de s'assumer sans l'aide de personne, qui sont inhabituelles à l'époque.

Colette sait exprimer les troubles de la femme mûre, séduite par l'adolescence (1923, *le Blé en herbe*) ou rebutée par le donjuanisme des hommes (1928, *la Naissance du jour*). Dans *Chéri* (1920) et *la Fin de Chéri* (1926), elle trace moins le portrait d'un jeune homme beau, indifférent et désœuvré, que celui d'une femme vieillie, Léa, dont il est la dernière passion et dont elle sera peut-être le dernier amour.

Le bestiaire et l'herbier

Pour Colette, les bêtes ont une âme. Dans *Dialogues de bêtes* (1904), dans *la Chatte* (1933), elle pénètre si subtilement la vie intérieure des chats et des chiens qu'on croit aux sentiments qu'elle leur prête. Mais elle connaît aussi les arbres et les fleurs (1907, *la Retraite sentimentale*; 1908, *les Vrilles de la vigne*; 1929, *Sido*). Rien n'échappe à son regard : elle tient du jardinier et de l'oiseleur.

Le souci de l'expression, chez Colette, autant que l'extraordinaire aptitude à saisir le sens caché des êtres et des choses, font d'elle l'un des plus grands écrivains du XXe siècle.

André Gide

1869-1951

ou les Contradictions intérieures

Un contemporain en éveil

Pendant un demi-siècle, André Gide est au centre de la vie intellectuelle contemporaine.

Fondateur de *la Nouvelle Revue Française* (cf. p. 75), il s'y consacre avec ardeur à la diffusion littéraire et à la recherche de nouveaux talents. Il correspond avec tous les écrivains, français ou étrangers, qui, comme lui, marquent leur temps de leur pensée. Il contribue à faire connaître en France Dostoïevski, Kafka ou les romanciers américains.

Dans les années qui précèdent la guerre, en dépit de son individualisme inné qui le rend peu apte au militantisme, il est tenté par l'engagement politique, mais en éprouve une grande déception. Sa pensée est détournée de son cours naturel par les événements, mais c'est à la recherche de lui-même qu'il s'obstine d'un bout à l'autre de sa vie et de son œuvre.

La révolte

D'origine mi-paysanne, mi-bourgeoise, catholique par son père et protestant par sa mère, élevé dans l'aisance et dans l'austérité, Gide trouve déjà ses contradictions dans sa famille.

Le goût de l'ascèse dans lequel il est élevé s'accommode mal d'une sensualité précoce qu'il réprime difficilement et qui entre en conflit avec son éducation. Il se met à haïr ces familles qui emprisonnent les esprits et les impulsions des enfants.

En 1897, alors que Gide fréquente le milieu symboliste, paraissent *les Nourritures terrestres*[1]. Hymne fervent

1. Suivies des *Nouvelles nourritures* en 1935.

à la beauté, c'est un véritable manuel d'éducation qu'André Gide propose à ses lecteurs. Mais c'est d'un apprentissage de l'évasion et de la volupté qu'il s'agit. Gide veut donner « le désir de sortir — sortir de n'importe où, de ta ville, de ta famille, de ta chambre, de ta pensée ». Ecrit dans une prose lyrique séduisante, ce livre exalte la disponibilité de l'être devant la tentation des sens.

C'est dans *les Nourritures terrestres* que Gide s'écrie : « Familles, je vous hais ! », ressentiment qui parcourt tous ses romans, à commencer par *l'Immoraliste* (1902), histoire d'un jeune homme malade des contraintes sociales qui recouvre la santé en rejetant la morale.

L'aveu

En 1909, *la Porte étroite* restitue l'atmosphère équivoque et pathétique de l'adolescence de Gide. L'héroïne, Alissa, n'est autre que la cousine de Gide, Madeleine, qu'il a épousée en 1895. L'amour qui unit Jérôme et Alissa est nourri de leur piété. Mais, à mesure que Jérôme exalte les sentiments qui l'attachent à sa fiancée, Alissa ne songe qu'à sublimer leur amour par le renoncement et à aller vers Dieu par « la porte étroite ». Elle ne parvient qu'à détourner Jérôme d'elle et en meurt.

L'aveu qui est au bord des lèvres de Gide, qui perce dans ses œuvres et dont il fera la confession dans *Si le grain ne meurt* en 1919, c'est celui de son homosexualité : elle l'a chassé de sa famille, elle est entrée en contradiction avec son éducation religieuse, elle devient dans sa vie conjugale un drame déchirant et sans issue.

L'acte gratuit

Après s'être exercé au conte philosophique *(Paludes)* et à la satire *(le Prométhée mal enchaîné)*, Gide poursuit son œuvre romanesque avec *les Caves du Vatican* (1914). Lafcadio y est un esprit libre, délivré de sa famille, qui stimule sa liberté en commettant l'acte le plus libre qui soit, le meurtre gratuit, sans mobile ni raison.

Cette idée revient dans *les Faux-Monnayeurs* (1924). L'acte gratuit, d'autant plus noble qu'il est sans fondement, y apparaît comme une condamnation de l'hypocrisie et du puritanisme. *Les Faux-Monnayeurs*, roman dans le roman, ne raconte d'autre histoire que celle que tracent, au fil des pages, les personnages qui mènent l'auteur au gré hasardeux de leurs aventures. Il n'y a pas de héros privilégié. Gide veut simplement peindre une société de « faussaires » comme la comédie humaine en donne de multiples exemples : chacun triche avec la vérité, chacun ment, chacun fait passer pour argent comptant des vérités qui sonnent faux. Seul Bernard, le bâtard, exprime l'idéal moral de Gide : il ne cherche pas à paraître autrement qu'il n'est. Anti-roman déconcertant, prodigieusement neuf pour son époque, parce qu'il bouleverse toutes les techniques traditionnelles, roman contestataire, *les Faux-Monnayeurs* se présente comme une œuvre d'apprentissage qui exprime les conflits de générations, les chocs des morales, les troubles des adolescences et l'illusion des plaisirs.

L'engagement

En 1927, Gide se rend au Congo. Il y préconise des réformes coloniales et sort de son individualisme pour s'ouvrir aux problèmes sociaux et politiques.

C'est en homme qui prend conscience des réalités de son temps qu'il préside en 1932 avec André Malraux le Congrès mondial pour la paix. A cette époque, il entrevoit dans le communisme une doctrine altruiste qui semble convenir aux directions que prend son humanisme. Mais son voyage en Union Soviétique (1936) le déçoit et la relation qu'il publie, *Retour d'U.R.S.S.*, dans laquelle il dénonce les répressions du régime stalinien, provoque la rage des communistes français.

L'humanisme

Gide n'était certainement pas fait pour l'action. A l'image de Montaigne, qui lui servait de modèle, il veut remplir en plein XXe siècle une mission d'humanisme. Marqué essentiellement par son éducation, il incite à l'émancipation, il enseigne la découverte de soi. Il prêche l'émerveillement devant les découvertes que nos sens nous proposent, comme cette jeune aveugle de *la Symphonie pastorale* (1919) qui, compensant la vue par l'imagination, plaint ceux qui ont des yeux et « ne savent pas regarder ».

Gide a-t-il suivi la doctrine hédoniste qu'il professait dans *les Nourritures terrestres* et fait son bonheur « d'augmenter celui de tous » ? A-t-il rempli ce contrat qui consistait à « assumer le plus possible d'humanité » ? Son égoïsme, dont il se délivre avec peine, semble parfois le nier.

Son *Journal* (1889-1939), qu'il publie à l'âge de 70 ans, témoigne de son activité inlassable au service de la pensée et de la culture. Il en poursuit la publication jusqu'à sa mort, cherchant dans l'introspection quotidienne des messages sur la condition des hommes.

Il fait régner sur ses « contradictions intérieures » une lucidité qui lui permet de combattre la complaisance et d'élever le culte du Moi au niveau d'un idéal.

magazine

Autour de la *nrf*

La Nouvelle Revue Française, qui révèle la plupart des grands écrivains de la génération de 1920, est fondée en 1909 par André Gide, Jean Schlumberger, Jacques Copeau et Henri Ghéon. Les éditions de la Nouvelle Revue Française, désignées par le sigle NRF, créées en 1911, deviennent en 1919 la « Librairie Gallimard » sous la direction de Gaston Gallimard et de ses frères. La Librairie et la Revue tiennent une place prépondérante dans la vie littéraire du XXe siècle.

□ Pour le groupe composé autour d'André Gide, *il s'agit avant tout de combattre la facilité et de donner à la qualité artistique le pas sur la valeur moralisatrice des œuvres.*

□ Héritage des revues symbolistes, la NRF se voue d'abord à la défense de la critique. Celle-ci, en effet, se trouve en crise. Les uns ne font de la littérature qu'*un objet d'érudition* (Faguet, Lanson) ; d'autres s'en servent pour soutenir une *action polémique* (Péguy) ou *conservatrice* (Maurras) ; certains enfin ne trouvent dans la critique qu'*un prétexte à formuler leurs goûts.*

□ Aussi la fonction de la NRF est-elle double : priorité est donnée aux chroniques et aux notes de lecture sans que la publication d'œuvres inédites, romans, poèmes ou essais, soit négligée.

□ Les hommes qui ont ensuite animé la revue sont essentiellement Jacques Rivière, Jean Paulhan et Marcel Arland. Beau-frère d'Alain-Fournier, Jacques Rivière (1886-1925) se révèle un psychologue perspicace et sensible, curieux de l'exploration de l'inconscient. Il s'intéresse à Baudelaire, Claudel et Gide. Secrétaire de rédaction à la NRF de 1912 à 1914, il en assure la direction de 1919 à sa mort. Jean Paulhan (1884-1968) collabore à la NRF de

1920 à 1940. Il participe alors à la Résistance et fonde *les Lettres françaises*, journal clandestin. Il prend la direction de la NRF de 1952 à 1968, relevé par Marcel Arland qui en demeure jusqu'en 1977 l'infatigable animateur. Il faut noter que, momentanément gérée par Drieu la Rochelle sous l'Occupation, la NRF avait suspendu ses publications de 1944 à 1952.

☐ Inlassablement, la NRF ouvre ses colonnes aux écrivains les plus prestigieux aussi bien français qu'étrangers. Elle accueille dramaturges, romanciers, essayistes, poètes de toutes tendances.

☐ Parmi les critiques qui collaborent à la NRF, il faut retenir le nom d'Albert Thibaudet (1874-1936). Particulièrement habile à discerner les courants littéraires, disposant d'une vaste culture, Thibaudet, dans ses articles et dans ses livres, cherche à saisir à la fois *l'élan créateur continu de chaque écrivain et le courant de l'histoire*. Dans un ouvrage essentiel, *Histoire de la littérature française, de Chateaubriand à Valéry*, il prend comme fil conducteur *la notion de génération*. Comme tous les collaborateurs de la NRF, il sait que le critique est un homme *« qui aime à lire, et qui aime à faire lire »*.

François Mauriac 1885-1970

ou l'Aspiration au salut

Un romancier

François Mauriac est avant tout l'un des plus grands romanciers français pour l'impitoyable subtilité de l'analyse psychologique et la qualité d'un style évocateur et dense. Dans deux ouvrages, *le Roman* (1928) et *le Romancier et ses personnages* (1933), il explique comment les personnages que le romancier mettra au monde fermentent en lui : « Dans ces milieux obscurs où s'écoula son enfance, dans ces familles jalousement fermées aux étrangers, dans ces pays perdus, dans ces coins de province où personne ne passe et où il semble qu'il ne se passe rien, il y avait un enfant espion, un traître, inconscient de sa traîtrise, qui captait, enregistrait, retenait à son insu la vie de tous les jours dans sa complexité obscure. »

Un chrétien du Sud-Ouest

Né à Bordeaux, dans une famille catholique, il est marqué définitivement par sa région natale et par son éducation religieuse.

Presque tous ses romans ont pour cadre la province, les vignobles bordelais ou les forêts landaises. Mieux qu'ailleurs s'y fait sentir le prestige oppressant des grands domaines familiaux, des négoces de vin, des métairies. Mauriac y trouve dans la bourgeoisie étouffée par ses traditions, ses préjugés, ses patrimoines, un remarquable sujet d'étude romanesque.

Le chrétien qu'il est voit les êtres déchirés par leurs contradictions, tiraillés entre l'aspiration vers la pureté et la tentation du péché. Ce combat de l'âme et de la chair, dans ce champ clos des familles, exacerbé par les haines et les égoïsmes, s'offre à la peinture implacable du romancier qui se sent presque coupable de décrire les hommes tels qu'ils sont et parfois si semblables à lui-même.

La famille

Dans *Genitrix* (1923), il trace le portrait d'une mère dominatrice qui souhaite la mort de sa bru parce qu'elle lui a ravi son fils. Comme pour réhabiliter l'amour maternel, Mauriac en analysera le dévouement dans *le Mystère Frontenac* (1933).

Ce roman, qui devait d'ailleurs s'appeler « le Nid de colombes », fait contraste avec *le Nœud de vipères* (1932), sordide affaire d'héritage et de rancune familiale dont la noirceur est encore dépassée dans *les Anges noirs* (1936). Mais il y a chez Mauriac le sentiment que, si vils que nous soyons, nous pouvons toujours être sauvés par la foi en Dieu.

Thérèse Desqueyroux (1927)

Aussi est-ce la vérité des cœurs qu'il faut découvrir sous les apparences qui traduisent seulement la grande faiblesse des corps. Le personnage de Thérèse Desqueyroux, en gestation depuis plusieurs années dans d'autres romans, obsède Mauriac comme une personnification de sa pensée. Son éducation, son mariage, font déjà d'elle une meurtrière. Mais elle s'échappe, voit le bout du tunnel, la « fin de la nuit », et elle se sacrifie pour son rachat : « Saurai-je jamais rien dire des êtres ruisselants de vertu et qui ont le cœur sur la main ? Les « cœurs sur la main » n'ont pas d'histoire ; mais je connais celle des cœurs enfouis et tout mêlés à un corps de boue. »

Après 1936, Mauriac entame une carrière de journaliste. Il polémique contre le franquisme, l'Occupation, la guerre d'Algérie. Mais il demeure comme le romancier de cet univers clair-obscur des passions qui commence à luire de la promesse de Dieu.

Julien Green

1900-...

ou les Chemins de la solitude

Proche en apparence de Mauriac par les thèmes de ses romans — les conflits de la chair et de l'esprit —, Julien Green s'écarte de lui par les particularités de son éducation et l'acuité de sa crise spirituelle.

Anglican de parents américains, Green, converti au catholicisme en 1916, reste imprégné de l'éducation protestante et puritaine qu'il a d'abord reçue. Né en France, d'expression française, il n'en garde pas moins le sentiment d'appartenir à deux cultures et situe plusieurs de ses œuvres aux Etats-Unis où il séjourne épisodiquement.

« La foi chez Julien Green est un fil tendu sur un abîme d'horreurs » (J.-L. Ezine). Il éprouve une grande difficulté à accorder sa foi avec un dogme, une homosexualité qu'il estime coupable avec sa vocation littéraire.

Ses romans en effet traduisent son obsession du mal et de la terreur qu'il inspire. Dans *Mont-Cinère* (1926), deux femmes en viennent au crime par avarice. Dans *Adrienne Mesurat* (1927), la solitude sexuelle mène au parricide. Dans *Léviathan* (1929), crime et suicide se conjuguent pour affirmer le poids de la fatalité. Dans *Moïra* (1950), un jeune étudiant, torturé par le problème de la chair, tue parce que « la pureté ne se trouve qu'en Paradis ou en Enfer ».

Le sentiment de la solitude hante les dernières œuvres (1960, *Chaque homme dans sa nuit*). Green se penche sur lui-même. Les volumes de son *Journal* (1928-1972) et de son autobiographie tracent l'itinéraire d'un homme qui tire sa souffrance de lui-même et des autres.

Georges Bernanos 1888-1948

ou la Solitude tragique

Elève des Jésuites, Georges Bernanos, né à Paris, milite très jeune dans les rangs de l'Action française. La guerre civile espagnole le surprend aux Baléares. Il s'élève contre cet exemple de totalitarisme (le franquisme), dans *les Grands cimetières sous la lune* (1938). Polémiste-né, Bernanos poursuit ses combats jusqu'à sa mort dans ses essais politiques.

Cependant la destinée de Bernanos est celle d'un homme seul et amer. La solitude est au fond même de son œuvre. Elle développe chez ses personnages l'esprit de sacrifice. Elle engendre aussi la peur que seules parviennent à vaincre les âmes exceptionnelles touchées par l'abnégation ou l'humilité que leur inspire Dieu.

De tous les prêtres qui peuplent l'œuvre de Bernanos, celui qui nous émeut le plus livre sa confession dans *Journal d'un curé de campagne* (1936). Il est si proche de nous, si humain dans sa peur et dans le déchirement de son âme ! Il souffre pour les péchés des autres, les turpitudes que ses paroissiens lui confessent. Et le zèle qu'il déploie précipite son agonie.

Le sujet de *Dialogues des Carmélites* (1948) est inspiré par un fait historique : l'exécution de seize Carmélites de Compiègne en 1794. Blanche de la Force a trouvé au Carmel un refuge contre une peur qui, devant les menaces de la Révolution, l'expulsion dont les religieuses sont victimes, leur arrestation, ne fait que croître. Blanche ne s'en délivre qu'à l'instant où elle gravit l'échafaud pour mourir.

Tel est le testament spirituel de Georges Bernanos, écrivain passionné, parfois coléreux et contradictoire, mais fidèle jusqu'au bout à sa confiance dans la dignité de l'homme.

Jean Giraudoux 1882-1944

ou les Feux de l'intelligence

Les romans

Né à Bellac, non loin de Limoges, Jean Giraudoux entre dans la carrière diplomatique en 1910. Il consacre ses loisirs au roman mais, à partir de 1928, il choisit définitivement le théâtre.

Les romans de Giraudoux se développent autour de deux thèmes principaux qui caractérisent deux séries de romans : la dualité de la personnalité et la vie intérieure.

La première, d'inspiration politique, constitue une trilogie : *Siegfried et le Limousin* (1922), *Bella* (1926), *Eglantine* (1927). Dans *Siegfried*, qu'il adapte bientôt au théâtre, Giraudoux veut exprimer le déchirement éprouvé par beaucoup d'intelligences de deux nations, devant le dommage causé par la guerre à des cultures qui auraient dû rester sœurs.

Dans une seconde série de romans, Giraudoux s'écarte des préoccupations politico-sociales pour laisser jaillir sa fantaisie, son humour et son lyrisme. Il crée dans *Suzanne et le Pacifique* (1921) une sorte de Robinsonne imaginative et rêveuse. Loin d'organiser sa survivance sur l'île déserte ou elle est naufragée, elle profite de sa solitude pour compenser l'absence de son univers familier par un monde intérieur plein de fantaisie.

Dans ces romans, les intrigues sont ténues, les personnages esquissés. Mais Giraudoux choisit un mode d'expression différent où se réalise mieux son équilibre d'écrivain.

Le théâtre

Pour Giraudoux, le théâtre est avant tout un lieu d'enchantement. Les sujets (antiques ou modernes), les tons (humour, ironie, amertume), sont d'une grande variété.

Ses sources sont nombreuses et vont de l'Antiquité biblique (1943, *Sodome et Gomorrhe*) au romantisme allemand (1939, *Ondine*). Mais il lui arrive aussi d'inventer ses sujets.

C'est le cas d'*Intermezzo* (1933). Isabelle est institutrice. Elle « fait ses cours en plein air, transporte dans la prairie le tableau azur, la craie dorée, l'encre rose et le crayon caca d'oie, et adopte le zéro comme meilleure note à cause de sa ressemblance avec l'infini » (P.-H. Simon). Elle aime un Spectre, mais elle cède à l'inspecteur d'académie, au maire, au contrôleur des poids et mesures : c'est la poésie qui s'incline devant la réalité médiocre et quotidienne.

Les jeunes filles qui peuplent le théâtre de Giraudoux apprennent, comme Ondine, esprit des eaux qui s'éprend d'un chevalier errant, que l'amour humain est inconciliable avec le rêve, lequel prend une ampleur baroque dans *la Folle de Chaillot* (1945).

Avec *Electre* (1937), dure et obstinée dans l'accomplissement de son devoir de justice, on éprouve à nouveau chez Giraudoux ces empêchements qui se tissent autour de l'être pour l'arracher au destin qu'il voudrait se fixer. Mais jamais l'homme, jouet des dieux, n'est aussi finalement brisé, abandonné aux mains d'une fatalité absurde et dérisoire, que dans *la Guerre de Troie n'aura pas lieu* (1935) (p. 83).

On a parfois reproché à Giraudoux d'être avant tout un maître du langage. Son style est toujours éblouissant, sa phrase nette, concise, spirituelle. Il manie habilement la parodie et la connotation érudite (parodie des discours aux morts de 14-18 dans *la Guerre de Troie n'aura pas lieu*), l'anachronisme, le paradoxe, les jeux de mots et les définitions cocasses (la Grèce, « c'est beaucoup de rois et de chèvres éparpillés sur du marbre »). Ses phrases ont l'air d'axiomes délicatement enrobés de métaphores rares et justes.

magazine

Modernité des mythes antiques

La tragédie grecque (Eschyle, Sophocle, Euripide) pose essentiellement *le problème du destin. Si l'homme est soumis aux lois des dieux et si sa destinée est déterminée par eux une fois pour toutes à l'avance, aucun libre arbitre ne lui est laissé : il n'est pas libre.*

□ Au XXe siècle, l'homme s'interroge plus que jamais sur le champ d'action que lui offre une liberté illusoire ou réelle.

□ Ce défi que la fatalité jette aux hommes, pour les inciter à se débattre contre les coups du sort, cette révolte qui ne sert souvent qu'à révéler leur impuissance, sont au cœur de la pensée contemporaine. De nombreux auteurs ont été incités à illustrer ces idées à l'aide des mêmes sujets que l'Antiquité avait puisés dans l'Histoire et dans la Mythologie.

□ Le thème du destin, permanent dans l'œuvre de Jean Giraudoux, est particulièrement développé dans *la Guerre de Troie n'aura pas lieu*. Quels sont le rôle et la part de responsabilité des humains dans l'éventualité de la guerre ? Y échapperont-ils par leur seule volonté ? *Qui peut arrêter le destin lorsqu'il s'est mis en marche ?*

□ La culture hellénique nous a légué l'histoire multiple et complexe d'une même famille victime d'un destin implacable : *les Atrides*. A l'origine, dans leur lutte pour le pouvoir, deux frères, Thyeste et Atrée, placent toute leur lignée sous le signe de la cruauté. Atrée, en effet, ayant égorgé les trois fils de Thyeste, les lui avait servis comme repas, attirant par cet acte barbare la malédiction des dieux.

Oreste et Electre sont parmi les victimes. Leurs parents s'appellent Agamemnon, chef des armées grecques pendant la guerre de Troie, et Clytemnestre qui, en l'absence de son époux, a pris Egisthe pour amant. Au retour d'Agamemnon, Egisthe l'assassine. Pour venger son père, *Electre* (et c'est le sujet de la pièce de Giraudoux) doit se retourner contre sa mère. Aussi pousse-t-elle son frère *Oreste* à exécuter cette vengeance (et c'est le sujet des *Mouches* de Sartre).

□ *La légende thébaine d'Œdipe* n'est pas moins célèbre. Œdipe, fils de Laïos et de Jocaste, ne parvient pas à déjouer un oracle qui n'est qu'une condamnation des dieux. Il tue son père sans le reconnaître, épouse sa mère sans le savoir et se condamne en expiation à errer sur les routes, les yeux crevés. Jean Cocteau *(la Machine infernale)* montre *comment rien ne peut arrêter « une des plus parfaites machines construites par les dieux infernaux pour l'anéantissement mathématique d'un mortel ».*

□ La malédiction atteint la fille d'Œdipe, Antigone. De l'inceste, quatre enfants sont nés : Etéocle et Polynice, Ismène et Antigone. Œdipe parti, la guerre civile éclate à Thèbes. Dans leur lutte fratricide pour le pouvoir, Etéocle et Polynice s'entre-tuent. Créon, frère de Jocaste, accorde des funérailles à Etéocle, mais refuse une sépulture à Polynice. *Antigone,* telle que la présente Jean Anouilh, affronte le tyran Créon et ensevelit son frère. Elle incarne la révolte et la résistance. Pour Bertolt Brecht, elle est le peuple en lutte contre l'oppression.

□ *Pour les Anciens, l'homme est livré à son destin. En l'absence de dieux responsables, au XXe siècle, le destin de l'homme, c'est l'homme lui-même.*

2 Le temps des engagements

A partir de 1929, les débâcles économiques frappent les grandes nations. La Bourse de New York s'effondre, entraînant les Etats-Unis dans la « grande dépression », la crise la plus noire de leur histoire. En U.R.S.S., Staline, qui a succédé à Lénine en 1924, liquide tous ses opposants. En Allemagne, Hitler se fait plébisciter en 1934, tandis que la guerre civile est écrasée en Espagne par Franco en 1939.

En France, la hausse des prix, la baisse du franc, les scandales financiers, le chômage, les grèves, aggravent cette conjoncture internationale et provoquent une coalition des partis de gauche. Le Front populaire (1936) porte au pouvoir le premier gouvernement véritablement socialiste avec le ministère Léon Blum qui entreprend de grandes réformes. On lui doit les congés payés — nouveauté sans précédent ! —, la semaine de 40 heures, les réductions sur les chemins de fer. Naguère, le « bleu horizon », couleur des uniformes, était le symbole du patriotisme français. On parle maintenant du « rouge horizon ».

L'artiste ne peut pas rester indifférent aux événements. Fusillé par les franquistes, le poète espagnol Federico García Lorca est victime de la guerre civile.

Picasso peindra le massacre de Guernica, bastion des libertés basques. Le régime hitlérien chasse en exil de grands écrivains comme Stefan Zweig, Franz Werfel ou Hans Fallada. John Steinbeck écrit avec *les Raisins de la colère* (1939) l'épopée tragique de la Grande dépression. La situation à Berlin, à Moscou, à Madrid, agite les écrivains français de toutes tendances.

L'engagement

Dans les années 30, plus personne ne peut rester dans la neutralité. Jean Guéhenno, l'un des maîtres à penser de ce temps, proclame que « le devoir de l'écrivain est dans l'engagement ». Les Surréalistes avaient vu dans le communisme un pas de plus à franchir dans le sens de leur révolte. Romain Rolland, qui ne se détourne de Lénine que pour chercher la sérénité chez les sages de l'Inde, et Henri Barbusse, qui milite au Parti communiste jusqu'à sa mort à Moscou en 1935, avaient été les pionniers de l'engagement. La littérature traverse la période la plus polémique de son histoire.

La rive gauche

A Paris, sur la rive gauche de la Seine, la vie intellectuelle est intense. A partir de 1935, Saint-Germain-des-Prés accueille l'élite internationale dans ses galeries, ses librairies, ses cafés. Les écrivains américains, Hemingway, Gertrude Stein, Ezra Pound, Scott Fitzgerald, se réunissent chez Sylvia Beach dans sa librairie à l'enseigne de *Shakespeare and Co.* Adrienne Monnier accueille Gide, Valéry, Jean Paulhan ou Georges Duhamel. Les idées, la presse, circulent dans ces petits cénacles amicaux, comme à la terrasse du café des Deux-Magots où Jean-Paul Sartre a sa table. Louis Aragon écrit dans

Commune : « Il n'y a pas d'art neutre, pas de littérature neutre... Une littérature et un art prolétariens sont en train de naître... »

Parmi les écrivains engagés de cette époque se détache Louis Guilloux (1899-1981), le futur auteur du *Jeu de patience* (1949), qui brosse dans *le Sang noir* (1935) un tableau dramatique et désespéré de la société au lendemain de la Grande Guerre.

Louis-Ferdinand Céline

1894-1961

ou les Epopées de banlieue

L'« indignité nationale », à laquelle Céline, au retour d'un long exil, est condamné en 1958 pour collaboration avec l'ennemi, a rejailli momentanément sur son œuvre.

Celle-ci avait pourtant, dès 1932, bouleversé la littérature romanesque par son audace. Sans *Voyage au bout de la nuit, la Nausée* de Sartre n'aurait peut-être pas été ce qu'elle est. Par sa peinture des défavorisés en détresse, sa révolte devant les calamités sociales, et la prodigieuse utilisation du langage parlé au moyen duquel il les exprime, Céline est l'un des écrivains les plus originaux et les plus puissants du XXᵉ siècle.

Réquisitoires contre l'injustice

« Le siècle dernier je peux en parler, je l'ai vu finir... » Né à Courbevoie, d'origine modeste, Céline évoque son enfance dans *Mort à crédit* (1936). Il restitue l'atmosphère des zones populaires d'autrefois : « C'est changé Rancy, il reste presque rien de la muraille et du Bastion. Des gros débris noirs crevassés, on les arrache du remblai mou, comme des chicots. Tout y passera, la ville bouffe ses vieilles gencives. » En 1924, il réussit, non sans mal, à soutenir une thèse de médecine. La section d'hygiène de la Société des Nations l'envoie en mission en Amérique et en Afrique. Au retour, il ouvre un cabinet à Clichy.

Son premier roman, *Voyage au bout de la nuit* (1932), l'impose d'emblée. Il l'a nourri de tout ce qu'il a vécu et son héros, Ferdinand Bardamu, c'est lui-même : « La littérature ça compense. » Catalogue des fléaux de sa génération, réquisitoire véhément contre les injustices sociales, ce roman est écrit dans une langue à l'état brut, argotique, débraillée, qui colle au sujet.

Politique et antisémitisme

Au retour d'un voyage en U.R.S.S., Céline s'oriente vers la politique et publie des pamphets d'une extrême virulence (1937, *Bagatelles pour un massacre* ; 1938, *l'école des cadavres*). Son exécration des Juifs y éclate avec tant de férocité qu'il faut retirer les exemplaires de la vente. Sans doute y a-t-il dans son comportement antisémite une part de paranoïa qui stimule ses instincts vindicatifs.

Cette attitude l'incite à rejoindre le gouvernement de Vichy. En 1945, il gagne le Danemark, où il est arrêté. A son retour en France, il revient au roman malgré la défaveur que lui manifeste l'opinion. *Guignol's band* (1944) et *le Pont de Londres* (posthume, 1964) dépeignent cette fois les milieux louches de Londres. Il se complaît dans l'atmosphère d'apocalypse des bas-fonds où traînent aventuriers et ratés, victimes pitoyables de la société, rejetés en tout genre qui vivent d'un peu d'espoir ou de rêve, et cherchent à distinguer quelques lueurs de bonheur au bout de leur nuit.

Le misanthrope

Mais ne sont-ils pas tous des morts en sursis ? A force de se pencher sur lui-même et sur sa propre épopée, Céline épuise sa verve. Pourtant dans ses chroniques de la guerre (1954, *Normance*; 1960, *Nord*) il sait encore être fiévreux, visionnaire, tendre, haletant. Avec *D'un château l'autre*, il n'arrête plus son regard que sur le démesuré ou le pitoyable, sur le grotesque ou le hideux. Il a beau affirmer qu'il n'a rien perdu de son acuité et de son agressivité, il s'est transformé en un vieillard solitaire et désabusé. Il n'est plus ironique, mais acariâtre ; il n'est plus polémiste, mais misanthrope.

Cependant il n'est que de lire *Voyage au bout de la nuit* ou *Mort à crédit* pour recevoir en plein visage le souffle violent que Céline fait passer sur notre littérature.

Pierre Drieu la Rochelle

1893-1945

ou les Risques du fanatisme

Drieu la Rochelle appartient à une génération précipitée dans la guerre à 20 ans, qu'une autre guerre anéantit à 50 ans. A cet égard, il ressemble au héros du roman d'Aragon, *Aurélien*, jeune ancien combattant qui ne trouve plus son équilibre après la guerre, rate sa vie sentimentale et sombre peu à peu dans le scepticisme.

Entre les deux guerres, Drieu subit à la fois les influences nationaliste de Barrès, royaliste de Maurras, communiste de Malraux et Aragon. Il ne sait ni concilier ses aspirations politiques contradictoires et ses engagements d'écrivain, ni choisir entre sa propension au rêve et son besoin d'énergie. Ce double déchirement le perd. Il opte pour le fascisme dans lequel il voit une issue possible.

Pendant l'Occupation, il accepte de reprendre la *Nouvelle Revue Française* sous les auspices des autorités allemandes. Collaborateur notoire, il se suicide en 1945 quand on vient l'arrêter pour intelligence avec l'ennemi.

Son meilleur roman, *Gilles* (1939), raconte l'histoire d'un jeune homme de 1918 à 1939, fasciste comme Drieu, et comme lui voué à la solitude et à la mort.

Même dans ses engagements politiques, Drieu est guidé par un idéal moral. Il définit le fascisme comme « le mouvement qui va le plus radicalement dans le sens de la restauration du corps — santé, dignité, plénitude, héroïsme ». Il se rallie à l'Allemagne parce qu'il est partisan de l'union européenne. Il incarne mieux que quiconque des erreurs politiques engendrées de bonne foi.

André Malraux

1901-1976

ou l'Aventure humaine

De la race des seigneurs

Dans ses livres de Mémoires, André Malraux n'a voulu retenir de sa vie que les temps forts, ceux qui appartiennent à l'Histoire. Il compte bien des détracteurs : on l'a accusé d'opportunisme ; on a pastiché son style et son éloquence. Mais on ne saurait contester que, plus qu'un homme politique, plus qu'un grand écrivain, il est l'une des intelligences les plus lucides du XXe siècle.

Il suit les méandres de son temps, se trouvant toujours là où la condition de l'homme est en péril. Epris d'absolu, angoissé par la mort, sensible aux menaces de l'intolérance et de la tyrannie, il se lance dans l'action. Il ressemble à un héros de ses propres livres car, l'homme qu'il est, l'homme qu'il peint, « n'est enfin plus cette créature déchue, veule et résignée dont nous voyons l'abjection complaisamment étalée dans nombre d'œuvres d'hier et d'aujourd'hui[1] ».

L'expérience de l'Asie

Au terme de ses études, André Malraux est envoyé au Haut-Laos en mission archéologique. Il séjourne en Asie de 1923 à 1928 et, dans ces années troublées qui préludent à la proclamation de la république chinoise de Mao Tsé-toung (1931), y reçoit sa formation politique en même temps qu'il s'initie à l'art oriental.

Au retour, il livre ses réflexions parallèles sur l'homme blanc, qui rêve de gloire et d'action, et sur l'homme jaune,

1. André Gide, « *André Malraux, l'Aventure humaine* » (article datant de 1945 dans *Terre des Hommes*).

qui aspire à la sérénité, dans *la Tentation de l'Occident.* Mais c'est surtout dans un groupe de trois romans qu'il tire les leçons de son expérience asiatique : *les Conquérants* (1928), *la Voie royale* (1930), *la Condition humaine* (1933).

L'un des livres clés de notre temps, *la Condition humaine*, dont l'action se déroule en Chine en 1927, montre l'angoisse d'un jeune révolutionnaire eurasien, Kyo, partagé entre deux idéologies. L'une, occidentale, le pousse à se battre avec la réalité ; l'autre, orientale, l'engage à se fondre dans l'univers. Engagé dans une action révolutionnaire au service de la collectivité, il ne peut la sacrifier au bénéfice de ses aspirations personnelles. Il accepte de faire don de sa vie pour les autres. Et il découvre à l'instant du sacrifice suprême que mourir peut être « un acte exalté, la suprême expression d'une vie à quoi cette mort ressemblait tant... ».

Contre le fascisme

Jusqu'à la deuxième guerre, Malraux déploie une activité intense contre tous les fascismes. Tel est le sens de son adhésion temporaire au communisme.

Il séjourne avec sa femme Clara en Union Soviétique. Il se rend avec Gide à Berlin pour défendre des accusés communistes impliqués dans l'incendie du Reichstag [1]. Ce dernier voyage lui inspire *le Temps du mépris* (1936) dans lequel il exprime son horreur de l'univers concentrationnaire.

Lors de la guerre civile espagnole, il est le premier écrivain à gagner l'Espagne, engagé dans l'aviation étrangère au service de l'armée républicaine. Il parcourt les Etats-Unis pour rassembler des fonds en faveur des Espagnols. Cette nouvelle expérience est à l'origine des deux versions de *l'Espoir* (1937), le roman et le film.

1. Chambre législative allemande entièrement dominée par le parti national-socialiste. Son incendie en 1933, probablement dû à Goering, permit de mettre en accusation les communistes, de dépouiller et de déporter tous ceux qui n'étaient pas de race aryenne (Juifs, Slaves, Tziganes).

Un meneur d'hommes

La guerre d'Espagne lui offre l'occasion de révéler ses qualités d'homme d'action. Mais c'est pendant la Seconde Guerre mondiale jusqu'à la Libération qu'il donne toute sa mesure. Mobilisé dans les chars en 1939, blessé en 1940, fait prisonnier, évadé, engagé dans la Résistance, il fait figure de héros. Il rejoint la 1re armée française et commande la brigade Alsace-Lorraine. Compagnon de la Libération, il se lie avec le général de Gaulle d'une amitié si indéfectible qu'il l'accompagnera dans sa retraite de Colombey-les-deux-Eglises.

De la guerre date l'épilogue de sa production romanesque, *les Noyers de l'Altenburg* (1943). L'expérience de la révolution s'y est éteinte pour faire place à la méditation sur l'homme et aux réflexions sur l'art.

Au service de la culture

Il se consacre désormais à l'histoire et à la philosophie de l'art (cf. p. 94). Ses activités l'y invitent : il est nommé en 1959 ministre d'Etat chargé des Affaires culturelles. A ce poste, il crée les Maisons de la culture et procède méthodiquement à la restauration des monuments historiques. Il passe la fin de sa vie à Verrières en compagnie de la romancière Louise de Vilmorin (1951, *Madame de*) dont la mort, quelques années avant lui, le laisse désemparé.

Avec *la Condition humaine*, André Malraux apparaît comme l'un des premiers romanciers contemporains. Avec *les Voix du silence* et *la Psychologie de l'Art*, il se révèle comme l'un des analystes les plus originaux de la création artistique et peut-être le premier esthéticien du XXe siècle. Partout sa sensibilité fait éclater l'angoisse qui l'habite devant la condition de l'homme. Mais il la domine. Comme le dit Jean Schlumberger : « On ne referme jamais un livre de Malraux sans une sorte d'enthousiasme humain. »

magazine

Musées imaginaires

La publication par André Malraux en 1951 des *Voix du silence* apparaît comme un événement majeur dans l'histoire de l'art. Fouillant dans cet essai les secrets universels de la création, Malraux démontre que *l'art est un anti-destin, parce que c'est un défi à la mort.* Son prodigieux inventaire du patrimoine artistique du globe souligne que *chaque œuvre, chaque artiste, étend sa propre lumière, en dépit du temps et du lieu, et devient le cœur d'autant de « musées imaginaires ».*

□ L'histoire de l'art au XXe siècle donne naissance à des ouvrages moins didactiques et plus pénétrants qu'au XIXe siècle. Les techniques d'étude bénéficient, il est vrai, de tous *les apports de la science moderne* (carbone 14, rayons X, microscope électronique, photo à la lumière tangentielle) pour pénétrer « les secrets des chefs-d'œuvre ».

□ Irremplaçable est la collection de l'Univers des formes (1960, *Sumer* ; 1961, *Assur*). Les Histoires de l'art de Louis Hautecœur et d'Elie Faure étudient *l'œuvre d'art comme le fragment d'une civilisation. L'Histoire de la civilisation de l'Egypte ancienne* (1961) de Jacques Pirenne sera difficilement dépassée. André Bonnard se consacre à *la Civilisation grecque* (1954), Pierre Grimal à *la Civilisation romaine* (1965), Jacques Le Goff à *la Civilisation de l'Orient médiéval* (1965).

□ Ce qui rassure, dans ce XXe siècle angoissé, c'est que l'héritage du génie humain reste aussi universel, quand Malraux voit sur les lèvres d'un Bouddha javanais le même sourire que celui d'une Vierge gothique ou d'une Madone toscane.

L'homme révolté 1939-1951

Le 3 septembre 1939, la France déclare la guerre à l'Allemagne dont les menaces se sont progressivement étendues à toute l'Europe. Cette Seconde Guerre mondiale va peser d'un poids considérable sur l'avenir du monde. Elle a nourri en outre depuis bientôt un demi-siècle une innombrable production littéraire et cinématographique.

La guerre

Après 9 mois de harcèlements, les Allemands entrent dans Paris le 14 juin 1940. C'est l'Occupation. Tandis que le maréchal Pétain signe l'armistice, le général de Gaulle exhorte de Londres les Français à continuer leur combat contre l'envahisseur. Secondées par la Résistance, les forces alliées débarquent en Normandie le 6 juin 1944. Le IIIe Reich s'effondre.

Mais la guerre se poursuit en Extrême-Orient. Le 6 août 1945, une superforteresse américaine largue sur Hiroshima la première bombe atomique.

Albert Camus, qui compare dans *la Peste* la guerre à une épidémie capable de susciter la pusillanimité aussi bien que la solidarité, et Eugène Ionesco, qui dépeint dans *Rhinocéros* la métamorphose des hommes en bêtes sauvages, ont compris que la nature humaine n'était pas une garantie pour la survie de la race et qu'elle pouvait conduire aux excès de l'autodestruction.

Les témoignages

De Raymond Cartier à Raymond Aron ou à Henri Amouroux, les études historiques sur les épisodes de la guerre et sur la vie quotidienne sont très nombreuses.

On pourrait retracer la succession des événements à l'aide des centaines de romans qui restituent les mentalités et les comportements au cœur de la tourmente. Jean-Louis Curtis peint la démobilisation des esprits pendant l'Occupation et à la Libération (1947, *les Forêts de la nuit*). *Mon village à l'heure allemande* (1945) de Jean-Louis Bory, *l'Europe buissonnière* (1949) et *Un singe en hiver* (1959) d'Antoine Blondin, *Week-end à Zuydcoote* (1949) de Robert Merle, *Au bon beurre* (1952) de Jean Dutourd, racontent la guerre par le menu. Elle est devenue une inépuisable réserve de sujets.

Liberté surveillée

Sous l'Occupation, beaucoup de journaux se sabordent, mais d'autres collaborent. La censure nazie contrôle la presse, l'édition, le cinéma et la radio. Les écrivains juifs, comme Proust ou Bergson, sont interdits. Les œuvres qui paraissent bénéficient de l'imprimatur de l'ennemi ou doivent se résigner à la clandestinité. On cherche des intentions cachées dans les manifestations de la vie littéraire. Lorsque l'*Antigone* de Jean Anouilh est représentée en 1944, le personnage de Créon y apparaît comme la personnification du gouvernement de Vichy contre lequel se révolte Antigone, symbole de la Résistance.

Les années 30 avaient vu les écrivains engagés dans des combats politiques. Les années 40 les jettent dans la bataille.

L'Action française

magazine

L'une des conséquences de la guerre est la disparition de l'Action française (cf. p. 34). Fondé par Charles Maurras et Léon Daudet dans la confusion de l'affaire Dreyfus, ce mouvement royaliste était peu à peu devenu le *porte-parole enflammé d'un nationalisme excessif*, poussant à l'extrême, dans un souci de sécurité politique et territoriale, un programme réactionnaire et antisémite.

☐ La personnalité de Charles Maurras, l'une des grandes forces intellectuelles du XXe siècle, draine dans le sillage de l'Action française de nombreux écrivains, tant catholiques (à l'exception de Claudel et de Mauriac) que fascistes (Drieu La Rochelle) ou antisémites (Marcel Jouhandeau, Louis-Ferdinand Céline), qui voyaient en lui un salut pour la France.

☐ Les événements ponctuent cette « action » : la guerre de 14-18, les crises politiques et les scandales financiers de 1924 à 1933, la lutte contre le Front populaire de 1933 à 1936. L'Action française, au cours de la guerre d'Espagne, justifie le massacre de Guernica et acclame la victoire de Franco. Mais, en 1926, elle entre en conflit avec le Vatican, qu'elle juge trop germanophile, et provoque une crise de conscience chez ses sympathisants catholiques comme Georges Bernanos ou Jean de la Varende.

☐ L'Action française est essentiellement antisémite : « D'où vient la Révolution ? La Révolution vient des Juifs » (pamphlet de 1936). De Dreyfus à Léon Blum, elle voit dans les Juifs une menace pour la nation. Ce climat d'antisémitisme en France est dépeint par Jacques de Lacretelle dans *Silbermann*.

☐ L'Action française, ce fut avant tout Maurras. Elle s'achève avec lui. Le suicide de Drieu La Rochelle, l'exécution de Robert Brasillach, la condamnation de Charles Maurras, signent l'arrêt de mort d'un mouvement fatalement pris entre la Résistance et la Collaboration.

1 Les écrivains au combat

Les exilés

Beaucoup d'écrivains choisissent l'exil, soit parce qu'ils sont Juifs (Jules Romains et André Maurois), soit parce qu'ils sont mobilisés dans l'armée américaine (Julien Green), soit pour des raisons politiques (Bernanos, Breton, Saint-John Perse).

Les victimes

Jean Prévost, remarquable essayiste (1942, *la Création chez Stendhal*), est fusillé par les Allemands le jour même où Antoine de Saint-Exupéry disparaît en Méditerranée. Robert Desnos et Max Jacob sont victimes de la Déportation.

L'auteur de *Comme le temps passe* (1937) et des *Sept couleurs* (1939), Robert Brasillach (1909-1945) est emprisonné à Fresnes pour collaboration et exécuté, comme sous la Révolution André Chénier. Charles Maurras est condamné à la réclusion perpétuelle.

La déportation

Mais comment la fuite ou la délation seraient-elles bien accueillies alors qu'on meurt par millions dans les camps nazis ? Les témoignages sur l'univers concentrationnaire frappent d'horreur. Pierre Gascar a rapporté de son emprisonnement au camp de Rawa-Ruska un douloureux récit de captivité, *le Temps des morts* (1953), et Jean Cayrol, déporté à Mathausen, y écrit ses *Poèmes de la nuit et du brouillard* (1947).

La Résistance

En 1942 paraissent clandestinement les 350 exemplaires d'un mince récit intitulé *le Silence de la mer*. L'auteur, Jean Bruller (1902-...), a emprunté le pseudonyme de Vercors à ce massif glorieux qui sera le théâtre en 1944 des combats héroïques entre maquisards et troupes allemandes. En une centaine de pages denses, pathétiques, *le Silence de la mer* relate l'histoire d'une résistance muette, celle d'un vieil homme et de sa nièce, que tente de vaincre leur hôte, un officier allemand qui voudrait rompre l'incommunicabilité entre deux peuples voisins et deux cultures sœurs.

Pour Roger Vailland (1907-1965), la Résistance, telle qu'il la raconte dans *Drôle de jeu* (1945), est surtout une occasion de vivre intensément une vie exaltante.

D'innombrables voix de poètes ont exalté le courage et le martyre des Résistants : Aragon dans *la Diane française*, Paul Eluard dans *Au rendez-vous allemand* ou Pierre Emmanuel dans *Jours de colère*.

Les héros

Cette génération a été galvanisée par la personnalité du général de Gaulle (1890-1970) dont les *Mémoires de guerre* (1954-1959) témoignent d'un talent exceptionnel d'écrivain.

Militaire de carrière, Jules Roy (1907-...) rallie l'Angleterre et effectue d'héroïques raids aériens. Ses poèmes et ses romans font l'apologie de l'amitié et du courage. Autre aviateur des Forces françaises libres, Romain Gary[1] (1914-1981) évoque la Résistance dans *Education européenne* (1945).

La vie et l'œuvre d'Antoine de Saint-Exupéry ont profondément marqué les jeunes de l'après-guerre.

1. Sous le nom d'Emile Ajar, il publie peu avant de se suicider un roman remarquable sur l'enfance immigrée, *la Vie devant soi* (1975).

Antoine de Saint-Exupéry

1900-1944

Désert et firmament

Antoine de Saint-Exupéry songe à l'Ecole des Beaux-Arts avant de s'engager dans l'aviation de chasse. Sa carrière d'écrivain débute en 1929 avec *Courrier sud.*

C'est l'époque héroïque des conquêtes aériennes. « Saint-Ex » y satisfait son goût de l'aventure, aux confins du ciel et du désert. La fragilité de l'avion et de son équipage au sein des grands espaces lui fait mieux éprouver la nécessité d'une solidarité à toute épreuve entre des hommes responsables les uns des autres. C'est le sujet de *Vol de nuit* (1931).

Terre des hommes (1939) est une méditation sur l'être, sur le sens de la vie et sur la solitude, sur la perception de l'infini, dont le pilote fait une expérience irremplaçable : « La terre nous en apprend plus long sur nous que tous les livres. » Pour l'aviateur, les lumières qui scintillent dans la nuit révèlent la présence éveillée ou endormie de l'homme et suscitent le besoin de communiquer avec lui.

Mobilisé, Saint-Exupéry écrit *Pilote de guerre* (1942). En 1943, il fait paraître un conte illustré par lui-même, *le Petit prince*, dans lequel il laisse parler son double, un petit prince charmant qui explique la vie aux grandes personnes. Sous la naïveté féerique de cette « visite merveilleuse de la vie », l'apparition d'un enfant aux cheveux d'or à l'aviateur en panne dans le désert, perce l'allégorie d'une grande leçon d'amour et de générosité.

2 L'Existentialisme

La guerre finie, un mouvement en -isme prend la même importance que le Surréalisme avait eue après 1918 : l'Existentialisme. Il n'est plus de nature poétique, mais d'essence philosophique.

Pour comprendre l'Existentialisme, il faut savoir qu'il est représenté par des professeurs agrégés de philosophie, comme Jean-Paul Sartre, son chef de file, et Simone de Beauvoir, ou par des écrivains, comme Albert Camus, qui ont dû renoncer à cette vocation pour des raisons indépendantes de leur volonté.

L'Ecole normale supérieure a joué un rôle prépondérant dans les Lettres françaises. Paul Nizan (1905-1940) y est le compagnon de Jean-Paul Sartre. Agrégé de philosophie, adhérent du Parti communiste, ce militant de la révolte (1932, *Chiens de garde*) meurt au combat. Autre agrégée de philosophie, autre révoltée, Simone Weil (1909-1943) décrit les luttes ouvrières. Elle rejoint la France libre et meurt à Londres des suites des privations.

Jean-Paul Sartre et Simone de Beauvoir illustrent bien le rôle que joua « Normale sup » dans la naissance et le développement de l'Existentialisme.

Jean-Paul Sartre 1905-1980

ou l'Existence en face

Essai de définition

La parution de *la Nausée* en 1938 est une date dans l'histoire de l'Existentialisme. Cette doctrine philosophique, dont l'initiateur avait été le philosophe danois Sören Kierkegaard (1813-1855), et que les philosophes allemands Karl Jaspers (1883-1969) et Martin Heidegger (1889-1976) avaient reprise et continuée, prend avec Jean-Paul Sartre en France un aspect particulier. De théorie abstraite, elle devient expérience concrète. C'est pourquoi l'Existentialisme s'exprime chez Sartre non seulement dans ses œuvres authentiquement philosophiques, mais aussi, et surtout, dans ses romans et dans ses pièces de théâtre.

Traditionnellement, la pensée philosophique s'est tournée vers les Idées abstraites (les Idées mathématiques ou l'Idée du Beau). Au contraire, l'Existentialisme s'intéresse aux situations concrètes (celles de l'homme dans sa vie quotidienne) et aux expériences affectives immédiates (la solitude, le désespoir de l'homme plongé dans le monde, l'angoisse, la nausée). Depuis les années 20, l'Existentialisme, phénomène européen, tend à substituer à la réflexion philosophique de type cartésien, intellectuelle, une dynamique qui corresponde mieux à la réalité. C'est ainsi que Roquentin, le héros de *la Nausée* de Sartre, expérimente son existence et celle des objets quotidiens à travers une réaction affective coupée de l'esprit purement logique.

Ce qui prime, c'est le fait d'exister, de se sentir présent sur cette terre et dans le monde. Quant à notre nature, notre réalité profonde, elles résultent de notre action : je suis jeté dans le monde, je me construis et me forge en même temps. En somme, ma nature est le fruit de ma totale liberté. Pour cette raison, Sartre affirme que l'existence précède et crée l'essence (je me crée à travers les différentes situations, lâche ou courageux, travailleur ou paresseux, etc.).

Les notions de destin et de déterminisme sont réfutées : il n'y a plus que des « existants » en train de se faire eux-mêmes. Comme il est possible à tout moment qu'une chose arrive ou non, c'est dans leur choix que réside leur liberté. Ils sont les artisans de leur propre existence.

Mais un tel processus comporte des risques. Il accentue la fragilité de l'homme qui appréhende ce nouvel exercice de sa liberté avec le désespoir de ceux qui ont à décider pour eux-mêmes. Il peut en résulter un sentiment de solitude ou d'incommunicabilité avec les autres qui rend cet existant étranger à ses semblables et risque de le faire basculer dans l'angoisse du néant. La solidarité est alors capable d'agir et de transformer l'Existentialisme en un véritable humanisme.

Philosophie et roman

Normalien, agrégé de philosophie, Jean-Paul Sartre acquiert au cours de ses études et de sa carrière professorale une connaissance approfondie de la pensée des grands philosophes. Lors d'un séjour à l'Institut français de Berlin (1933-1934), il suit les cours du philosophe allemand Edmund Husserl (1859-1938), fondateur de la phénoménologie[1], dont les recherches ont un retentissement considérable sur lui.

Sartre exposera les éléments de sa propre doctrine dans un ouvrage capital, *l'Être et le néant* (1943). Mais, dans ces années fiévreuses de l'après-guerre, où la jeunesse attend une réponse à ses aspirations encore inquiètes et à son légitime élan de liberté, Sartre s'est déjà imposé avec *la Nausée* comme un maître à penser.

1. Doctrine qui repose sur l'éveil de la conscience par le moyen de l'expérience.

La toile de fond du roman, c'est la province. Sartre y a vécu, à La Rochelle d'abord, où il a suivi sa mère en 1916, au Havre ensuite où il a enseigné et qu'il décrit à présent sous le nom de Bouville. Son héros, Antoine Roquentin, s'accommode de la médiocrité qui l'environne, occasion pour Sartre de caricaturer cette hiérarchie sociale et bourgeoise qu'il hait[1]. Roquentin constate que les gens ont besoin de vivre ensemble, de « se mettre à plusieurs » pour exister, alors que lui est « entièrement seul », occupé à écrire une biographie historique. Un jour, il est saisi d'une envie de vomir, d'une nausée[2]. Il lui faudra longtemps pour la définir comme une « illumination », comme une « aveuglante évidence ». Tout ce qui l'entoure, et plus particulièrement les objets, lui donne le sentiment qu'il existe : « J'étais apparu au hasard, j'existais comme une pierre, comme une plante, comme un microbe. Ma vie poussait au petit bonheur et dans tous les sens. » Il inscrit dans son journal les menus faits quotidiens qui font progressivement éclater la vérité, le « J'existe » répété inlassablement de page en page, le secret de son existence captée « en train de naître ».

Plus tard, Sartre conclura son essai sur *Baudelaire* (1947) par ces mots : « Le choix libre que l'homme fait de soi-même s'identifie absolument avec ce qu'on appelle sa destinée. » Tel sera le thème des trois romans que Sartre réunit sous le titre des *Chemins de la liberté* (1945, *l'Age de raison ; 1945, le Sursis* ; 1949, *la Mort dans l'âme*) : il y développe l'idée que sans action collective, le sentiment de l'existence est absurde. Il tente de définir une morale athée et anticonformiste de la liberté. Déjà les cinq nouvelles réunies dans *le Mur* (1939) offraient un tableau saisissant de la condition humaine et des choix déchirants devant lesquels le libre arbitre place l'homme.

1. *La Nausée* porte la marque des romans de Céline, parus de 1932 à 1936.
2. Le premier titre proposé par Sartre était *Melancholia*. C'est son éditeur, Gaston Gallimard, qui a choisi celui de *la Nausée*.

Le théâtre

Les pièces de Sartre proclament ces mêmes idées avec une véhémence plus grande encore. Dans *les Mouches* (1943), pièce créée sous l'occupation allemande, on voit Oreste jeter un défi aux dieux et aux tyrans. Au-delà du cri de révolte contre le régime qui sévissait alors, c'est contre toutes les oppressions que s'élève Sartre dans un appel à la liberté. Oreste, poursuivi par les « mouches », les Erinyes, détourne sur lui fautes et remords (cf.p. 83), afin que les autres puissent enfin tenter de vivre.

Morts sans sépulture et *la Putain respectueuse* préparent le drame politique des *Mains sales* (1948) où s'affrontent deux idéologies de l'action. Le militant Hoederer, qui n'a pas peur de « se salir les mains », agit dans un souci d'efficacité politique (il privilégie le succès de son entreprise). Quant à Hugo, c'est un pur idéaliste et un réaliste. Les pièces qui suivront *(le Diable et le Bon Dieu, Nekrassov, les Séquestrés d'Altona)* n'atteindront pas cette densité tragique.

En 1964, Sartre relate dans *les Mots* les souvenirs de son enfance et l'éveil de sa vocation philosophique. Dans les sept volumes des *Situations*, il rassemble des textes qui constituent le bilan de son expérience littéraire et politique. Ecrivain des « temps modernes », titre de la revue qu'il a fondée, il restera comme le théoricien, le romancier et le dramaturge d'une morale de l'action et de la liberté en laquelle il voyait l'essentiel de l'humanisme d'aujourd'hui.

Simone de Beauvoir 1908-...

ou la Relation à autrui

Compagne de Sartre, Simone de Beauvoir cherche avant tout à être elle-même. En quête de sa propre vérité de femme, elle crée une œuvre profondément originale et donne à l'existentialisme une tonalité personnelle. Elle allie subtilement sa formation de philosophe et son talent de romancière. Elle ne cherche pas à produire une œuvre d'art, mais à rendre sa « vie dans ses élans, ses détresses, ses soubresauts ».

Agrégée de philosophie comme Sartre, elle partage avec lui un anticonformisme social qui la porte à rejeter ses origines bourgeoises. Son œuvre philosophique, romanesque, autobiographique, hantée par les idées de liberté et de mort, est dominée par les problèmes de l'indépendance et de la relation à l'autre.

Dans les essais qu'elle consacre à la philosophie existentialiste (1944, *Pyrrhus et Cinéas*; 1947, *Pour une morale de l'ambiguïté*), elle pose la question de l'individualisme. L'homme a-t-il une valeur absolue? Possède-t-il seul le pouvoir de fonder son existence ? Ou bien, solidaire des autres individus, ne peut-il exercer sa liberté qu'à travers celle d'autrui? « Il justifie son existence par un mouvement qui, comme elle, jaillit du cœur de lui-même, mais qui aboutit hors de lui. »

Cette pensée nourrit ses quatre romans (1943, *l'Invitée*; 1945, *le Sang des autres*; 1946, *Tous les hommes sont mortels*; 1954, *les Mandarins*). Elle s'efforce d'être la mémorialiste de son temps, de sa propre existence et de ses engagements (1958, *Mémoires d'une jeune fille rangée*; 1960, *la Force de l'âge*; 1963, *la Force des choses*; 1964, *Une mort très douce*). Elle exprime à plusieurs reprises son sentiment sur la mort : « Il n'y a pas de mort naturelle : rien de ce qui arrive à l'homme n'est naturel puisque sa présence met le monde en question. »

Dans *le Deuxième sexe* (1949), elle s'interroge sur la relation de la femme à l'homme et sur son émancipation.

Albert Camus

1913-1960

ou la Tentation du soleil

L'obsession de la mer et du soleil, Albert Camus la doit à son enfance algérienne. Il resta toujours fidèle à la terre d'Algérie et la célébra avec amour et lyrisme dans la plupart de ses œuvres.

Aussi la guerre d'Algérie devint-elle pour lui un drame déchirant. Son appel à la trêve en 1956, ses *Chroniques algériennes* en 1958, en témoignent. Tué dans un accident d'automobile le 4 janvier 1960, il n'aura pas connu l'issue d'un conflit qui, le touchant dans ses origines, l'a meurtri.

L'absurde

De cette enfance, il hérite une santé fragile qui lui interdit de se présenter à l'agrégation de philosophie. Quittant l'Algérie pour Paris en 1940, il entre comme lecteur chez Gallimard et fait du journalisme. Il rencontre Sartre en 1944.

Ses œuvres sont imprégnées du sentiment de l'absurde. L'expérience particulière de Meursault dans *l'Etranger* (1942) en fournit un exemple. Jeune Algérois, Meursault est conduit par les circonstances banales de sa vie quotidienne à l'évidence qu'il ne ressemble plus aux autres, qu'il leur est devenu « étranger ». Parce qu'il ne se conforme plus aux valeurs sentimentales et morales de la société, il se retrouve au banc des accusés. Un jour, sur une plage, avec la complicité d'un soleil d'été aveuglant, il tue un Arabe de quatre coups de revolver, frappant ainsi « sur la porte du malheur ». A sa grande surprise, la justice cherche une préméditation, des mobiles, à ce meurtre parfaitement gratuit. Il entend ses juges détourner au profit de l'accusation les menus événements de son passé qui, parce qu'ils échappent à la norme, l'accusent. L'incompréhension et l'incommunicabilité se sont définitivement installées. Accusé par ses semblables, non pour un crime, mais parce qu'il est différent d'eux, Meursault pourrait mourir dans le sentiment accru qu'il leur est étranger. Leurs critères ne sont plus les siens.

L'absurde naît donc d'une situation métaphysique individuelle : le décalage qu'elle crée entre l'homme et ses semblables le rejette dans un univers privé des lois habituelles de la morale. Cette idée domine des pièces de théâtre comme *Caligula* (écrit en 1938) ou *le Malentendu* (1944) et un essai, *le Mythe de Sisyphe* (1942).

Comme *l'Etranger, le Malentendu* repose sur un fait divers tragique : une mère assassine sans le reconnaître son propre fils en le prenant pour un étranger. La pièce est un drame de la solitude de l'être humain et de cette trahison, ce « malentendu », que représente pour lui l'aspiration trompeuse vers le bonheur. Vacuité de l'existence, inutilité des actes, tel est encore le symbole de Sisyphe, condamné à rouler sans cesse au sommet d'une montagne un rocher qui retombe aussitôt : mais le sens de sa vie ne réside-t-il pas dans cet effort acharné ?

La révolte

Ayant pris conscience de l'absurde, l'homme s'interroge sur son destin et, tirant parti des leçons que lui propose l'Histoire, se demande si la révolte ne serait pas apte à le transformer.

Dans *l'Homme révolté* (1951), Camus tente de retracer une histoire de toutes les révoltes, métaphysique, politique, artistique, littéraire, et cherche au-delà du nihilisme cette « pensée de midi » vers laquelle nous devons tendre. Cette image du soleil à son zénith symbolise pour Camus l'espoir suspendu dans le temps, « l'esprit qui plane sur des volcans de lumière ».

A l'absurdité qui confine l'homme dans sa solitude, il voudrait substituer une morale humaniste de l'entraide et de la générosité. Dans *la Peste* (1947), journal imaginaire d'une épidémie à Oran, peinture vraie des oppressions de notre temps, Camus évoque les frêles pouvoirs de l'homme devant le mal et sa dépendance à ses semblables. Certains hommes s'installent dans le fléau, l'exploitent ou le subissent. Il faut refuser d'être avec eux dans la peste ou la guerre, l'injustice ou l'intolérance, quitte à leur devenir étranger. Le narrateur de cette chronique de la peste, le docteur Rieux, « a pris délibérément le parti de la victime et a voulu rejoindre les hommes, ses concitoyens, dans les seules certitudes qu'ils aient en commun, et qui sont l'amour, la souffrance et l'exil ».

Albert Camus cherche à remplacer la vision absurde du monde par une morale adaptée à l'homme de son temps : « La vraie générosité envers l'avenir consiste à tout donner au présent. »

La mort heureuse

Dans *la Chute* (1956), dans *l'Exil et le royaume* (1957), il se livre à un véritable réquisitoire contre le mal et la violence qui règnent sur une société désespérée.

Pourtant l'œuvre d'Albert Camus n'apparaît pas comme celle d'un pessimiste. L'angoisse de l'homme qui revendique sa différence et que les autres condamnent trouve son antidote dans la révolte. Toute épreuve, comme la peste, change le cœur des hommes. Toute fiction devrait servir au progrès de l'homme, servir comme *la Peste* « à toutes les résistances contre toutes les tyrannies ».

Dans *Noces* (1938) et dans *l'Eté* (1954), Albert Camus raconte ces « noces » avec la terre habitée par les dieux, parfumée par l'odeur des absinthes sauvages au printemps, et avec la mer « cuirassée d'argent ». « J'ai toujours eu l'impression de vivre en haute mer, menacé, au cœur d'un bonheur royal », écrivait-il : son aspiration au bonheur s'est-elle réalisée dans cette « mort heureuse » à laquelle il songeait depuis longtemps ?

Littérature et philosophie

Comme l'écrit Jacques Brenner, «Camus était un écrivain de plein air et Sartre un auteur de huis clos». Le sentiment de l'absurde débouche chez Sartre sur une négation de l'homme et de la société. Au contraire, Camus s'insurge contre l'impuissance de l'absurde et évolue vers un humanisme positif. A la publication de *l'Homme révolté*, la presse d'extrême gauche répliqua avec violence. Alors que Camus, montrant les dangers du marxisme revu par Staline, allait dans le sens de l'Histoire, Sartre lui reprocha de renier sa jeunesse. Mais Camus fait passer l'homme avant les idéologies. Dans *les Justes*, le terroriste Kaliayev renonce à un attentat pour épargner deux enfants. Ces divergences doctrinales consommèrent la rupture entre ces deux maîtres de la pensée contemporaine.

L'Existentialisme est encore représenté par le chrétien Gabriel Marcel, Maurice Merleau-Ponty et Jean Grenier. Georges Bataille (1897-1962) se révolte contre l'angoisse du néant (1943, *l'Expérience intérieure*) par l'extase érotique (1950, *l'Abbé C.*; 1957, *l'Erotisme*).

Toute littérature est imprégnée de cette question fondamentale de l'existence. L'Existentialisme a contribué à donner une forme romanesque ou dramatique à des conceptions philosophiques.

3 Roman, théâtre, poésie

L'Existentialisme n'interrompt pas l'évolution d'une littérature plus traditionnelle. Le comique savoureux de Marcel Aymé (1902-1967) ou de Félicien Marceau voile une observation aiguë des mœurs. Philippe Hériat, Maurice Druon, Hervé Bazin, sondent les mystères et les emportements de l'univers familial. Marcel Jouhandeau (1888-1979) se détourne de ses « chroniques maritales » où il dépeint la vie conjugale, pour entreprendre la rédaction de ses Mémoires.

Quelques poètes se manifestent dans des œuvres où s'établissent les relations de l'être au langage. Francis Ponge (1899-...) joue sur la sémantique des mots dans *Proêmes* (1948). Henri Michaux se distingue tout particulièrement par l'originalité de sa méthode

Mais en regard du détachement de quelques tenants de la « haute solitude » (Claudel, Montherlant, Saint-John Perse, Jean Giono), le ton divertissant de certains écrivains (Jean Anouilh, Raymond Queneau, Jacques Prévert) est singulièrement grinçant.

C'est en pleine guerre, en 1942, que Montherlant passe du roman au théâtre avec la création remarquée de *la Reine morte*, tandis que Paul Claudel, dont la première pièce remonte à la fin du XIXe siècle, aura attendu 1943 pour devenir au lendemain de la création du *Soulier de satin* le symbole du génie français qui se refuse à l'étouffement.

Henri Michaux 1899-...

ou l'Espace du dedans

D'origine belge, grand voyageur dans sa jeunesse, plus tard explorateur de l'imaginaire (1952, *Nouvelles de l'étranger*) et aventurier du langage, Henri Michaux parcourt, dans le sillage de son maître Lautréamont, toute l'étendue du XXe siècle.

L'humour de ses premières œuvres (1930, *Un certain Plume*) se fait plus grave. Il découvre le subconscient, qu'il appelle, selon le titre de l'un de ses recueils, *l'Espace du dedans,* et il s'applique à en poursuivre l'investigation.

Il illustre ses poèmes de dessins, sortes d'idéogrammes, véritable réseau calligraphique qui, par sa spontanéité, sert d'intermédiaire entre la dictée intérieure et les mots.

Pour mieux traquer ce monde inconnu et rebelle qui gît en lui-même, Michaux décide de faire, sous contrôle médical, l'expérience des drogues hallucinogènes. Il écrit alors sous les effets des hallucinogènes des recueils comme *l'Infini turbulent* (1957) ou *Façons d'endormi, façons d'éveillé* (1969).

Il garde devant ces expériences une attitude scientifique résolument objective qui présidera également au répertoire de ses rêves (1973, *Moments*). Ces incursions s'accompagnent d'un sentiment d'angoisse et d'absurde, mais il est servi dans ses démarches par son sens de l'invention verbale.

Ce grand poète du XXe siècle reste à l'écart des mouvements, rattachant peut-être par sa longévité la tradition de Lautréamont à la poésie moderne en passant par le Surréalisme.

Paul Claudel

1868-1955

ou le Diplomate inspiré

La carrière

Le jour de l'Epiphanie 1900, un pèlerin qui revient de Terre sainte, un diplomate qui rentre de Chine, revoit les côtes françaises. Il a pour nom Paul Claudel et sa carrière diplomatique l'entraînera sur ces routes océanes et vers ces horizons lointains qui serviront de toile de fond à ses drames.

Il occupe des fonctions consulaires (1893-1916), puis diplomatiques (1917-1933) qui l'élèvent jusqu'au rang d'ambassadeur. Chaque étape nourrit sa pensée et son œuvre : l'ascension de ce solide paysan picard est à la mesure de son tempérament.

Le chrétien

Perçu parfois comme un auteur hermétique et ennuyeux, Paul Claudel est un poète hors du commun. Son œuvre poétique et dramatique est soulevée par une inspiration chrétienne intense.

La foi fait soudain irruption dans sa vie le jour de Noël 1886 alors qu'il se tient près d'un pilier de Notre-Dame de Paris. Cette « illumination », c'est à Rimbaud qu'il la doit. Pour Claudel, Rimbaud a su sur son lit d'hôpital, alors qu'il rentre du Harrar et qu'on doit l'amputer d'une jambe, que « par l'esprit on va à Dieu ».

Catholique soumis au dogme, convaincu qu'il n'y a de libération pour l'homme que dans la mort, Claudel définit d'abord les rapports de sa foi toute nouvelle avec la poésie. C'est le sujet de *l'Art poétique* (1907) dans lequel il appréhende la création telle qu'elle est sortie des mains de Dieu. Connaître, explique-t-il, c'est con-naître, naître avec : ce sentiment de la simultanéité de notre existence avec celle des autres ne nous apporte-t-il pas la preuve que Dieu nous a créés ensemble pour nous élever vers Lui ? Cette pensée, Claudel en cherche la preuve dans l'Ecriture. Ses commentaires, ses exégèses, ses méditations sur la Bible, occupent sept volumes de ses œuvres complètes.

Le poète

Les *Cinq grandes odes* (1904-1910) portent trace à la fois de son chemin spirituel et de son aventure humaine. Ces poèmes se caractérisent par leur élévation spirituelle et par leur débordement lyrique :

Que m'importent tous les hommes à présent ! Ce n'est pas pour eux que je suis fait, mais pour le
Transport de cette mesure sacrée !
O le cri de la trompette bouchée ! ô le coup sourd sur la tonne orgiaque !
Que m'importe aucun d'eux ? Ce rythme seul ! Qu'ils me suivent ou non ? Que m'importe qu'ils m'entendent ou pas ?
Voici le dépliement de la grande Aile poétique !
Que me parlez-vous de musique ? Laissez-moi seulement mettre mes sandales d'or !

Comme on l'a déjà vu, le poète est aussi un voyageur. Dans les poèmes en prose qui constituent le recueil de *Connaissance de l'Est* (1900-1907), à travers les évocations des nuits, des rumeurs, des fêtes, des cloches et des jardins, échappant à un exotisme facile, il cherche à pénétrer l'âme chinoise. L'Asie sera longtemps son inspiratrice et il y situe de nombreux épisodes de ses drames.

Sa pensée se coule dans un vers qui n'a ni rime ni mètre et qui ne suit, sur le modèle du verset biblique, que le rythme intérieur du poème. En raison même de la complexité des images qui s'y bousculent, elle ne se livre pas d'un seul coup et sa limpidité n'apparaît que lorsque les obscurités apparentes du style ont été élucidées. On est alors frappé par la clarté et par l'ampleur des idées que charrie le fleuve massif, désordonné, majestueux, de la langue.

Les drames

C'est pourquoi, dans son théâtre, Claudel est moins soucieux de l'intelligibilité dramatique que de la puissance du souffle créateur.

A vingt ans, il écrit *Tête d'or*[1], chef-d'œuvre de poésie cosmique, où les personnages parlent comme des prophètes inspirés, parlent des choses de la terre et des choses de l'amour, du pouvoir ou de la mort, dans un flux d'images qui rompt avec les rigueurs du Parnasse ou les timidités du Symbolisme.

Dans *la Ville*[2], il met en scène la foule qui habite une cité dont Dieu est absent et où le poète Cœuvre essaie de ramener la foi chrétienne.

La Jeune fille Violaine[3] prépare le « mystère » de *l'Annonce faite à Marie* (1912) : tout imprégné du mysticisme médiéval, ce drame du Bien et du Mal pose le problème de la grâce qui peut toucher un cœur virginal. La force créatrice de Claudel fait renaître cette époque de constructeurs de cathédrales, de croisades, d'épidémies, de violences, où seule la foi soutenait le peuple. Ce thème de la rédemption par la grâce trouve son prolongement dans *Jeanne au bûcher* (1939).

Entre *l'Echange* (1901) et *Partage de midi* (1906), une crise qu'il considère comme « l'épouvantable humiliation » de sa vie, bouleverse Paul Claudel. Sur le pont d'un bateau, il rencontre une jeune femme et doit renoncer à elle. Ce n'est pas seulement le problème de l'adultère qui est posé (Claudel s'est marié en 1905), mais celui du désir charnel qui désobéit aux commandements de Dieu. Alors qu'il montre dans *l'Echange* que les liens du mariage sont indissolubles, il expose dans *Partage de midi* la nécessité

1. 1re version (1889-1890) ; 2e version (1893-1894).
2. 1re version (1890) ; 2e version (1897).
3. 1re version (1892) ; 2e version (1898).

du sacrifice. Le bonheur n'est pas dans la réalisation humaine de l'amour, mais dans sa sublimation, qui passe par le renoncement.

Ces thèmes de l'épreuve, du sacrifice et de la rédemption sont élargis dans la trilogie que constituent *l'Otage* (1914), *le Pain dur* (1918) et *le Père humilié* (1920). A travers l'histoire des générations de Coûfontaine au XIXe siècle, Claudel évoque les dangers que court le christianisme dans le monde moderne.

Mais c'est dans *le Soulier de satin*, qu'il écrit de 1919 à 1924, que Claudel rassemble tous les éléments de sa pensée. Entre le moment où Dona Prouhèze confie son soulier de satin à la Vierge afin que, tentée de s'élancer vers le mal, « ce soit avec un pied boiteux », et la « délivrance aux âmes captives » que proclame le dénouement, les quatre journées de cette « action espagnole » se déroulent avec une richesse d'invention inouïe. Nous nous transportons d'Espagne en Amérique, d'Afrique en Europe centrale, en pleine mer comme au sein des constellations. Comme l'écrit Jean-Louis Barrault, son metteur en scène inspiré (cf. p. 143), « la scène de ce drame d'amour est le monde ; toute une population universelle y contribue avec lyrisme, farce, désordre, envolées, joie, folies, avec une vitalité exceptionnelle ».

Entre Dona Prouhèze et Don Rodrigue, l'amour humain est impossible et tous deux, malgré leur violente aspiration à se rejoindre, créent toutes les entraves qui les en empêchent. Ils conquièrent ainsi, non pas l'union terrestre et momentanée des corps, mais le scellement définitif des âmes. Œuvre touffue, complexe, baroque, rayonnante d'invention et d'humour, multiple et paradoxale, mue par une élévation chrétienne indéfectible, *le Soulier de satin* est l'un des chefs-d'œuvre du XXe siècle.

L'ère élisabéthaine avait eu Shakespeare. Le siècle d'or espagnol, Lope de Vega. Le romantisme allemand, Wagner. Claudel apporte ce qui manquait de démesure à notre patrimoine.

Henry de Montherlant 1896-1972

ou la Solitude impériale

Montherlant se signale par ses contradictions. Il oscille entre le chrétien et le profane, la discipline et l'insolence, le goût et le refus de servir, la jouissance et l'ascèse. De ce sportif qui s'adonnait au football et à la tauromachie, de cet aristocrate solitaire et hautain qui fait dans son théâtre l'apologie du renoncement, on a pu dire qu'il hésitait entre le stade et le cloître.

Ces conflits éclatent dans toute son œuvre, ses essais, ses poèmes en prose, ses romans qu'il abandonne, comme Giraudoux, au profit du théâtre en 1942.

La sensualité, qui semble un nouveau paradoxe chez ce passionné de rigueur morale, s'exprime par l'exaltation du corps. Dans son expérience du stade (1926, *les Olympiques*) et de l'arène (1926, *les Bestiaires*), il célèbre les joies de l'exercice physique et des hautes vertus qui l'accompagnent. Dans son expérience de la guerre, Montherlant rencontre des qualités humaines qui conviennent à son idéal. Son goût de l'action, du respect devant le sacrifice, du civisme devant le danger, apparaissent dans *la Relève du matin* (1920) et dans *Service inutile* (1935).

De son éducation dans les collèges religieux, il garde le souvenir équivoque d'un double éveil à la sensualité adolescente et à la morale chrétienne (1952, *la Ville dont le prince est un enfant*).

Cette initiation trouble à l'homosexualité engendre chez lui une misogynie qui s'exprime dans les quatre romans du cycle des *Jeunes filles* (1936-1939). Son héros, écrivain en renom qui lui ressemble, méprise les femmes qu'il tient pour des êtres inférieurs et des obstacles à sa carrière. En revanche, il reporte tout son amour sur son fils.

L'homme de l'absolu

Pour que Montherlant se détache du monde contemporain et de lui-même, il faut qu'il se transporte dans d'autres temps ou d'autres lieux qui lui proposent des conflits à sa mesure. Il s'arrache alors à la médiocrité contemporaine pour retrouver la solennité des conflits du pouvoir (1965, *la Guerre civile*), du goût de l'infini (1950, *Malatesta*) ou de la foi. Ces thèmes sont surtout développés dans trois œuvres magistrales.

La Reine morte (1942) raconte la pathétique histoire du vieux roi Ferrante qui, dans sa haine de la vie, s'enfonce dans l'injustice et le crime avec une satisfaction qui justifie son existence.

Le Maître de Santiago (1948) se déroule en Castille au XVIe siècle. Don Alvaro, qui s'est retiré du métier des armes, méprise la bassesse et la médiocrité et cherche le salut par la grâce. Mais, dans son dégoût du monde, il finit par se préférer lui-même à toute autre conquête, ne trouvant nulle part d'exigence supérieure à la sienne.

Le thème des « démêlés de l'homme et de la grâce » est repris magistralement dans une pièce sur le jansénisme[1], *Port-Royal* (1954), où Montherlant réinvente jusqu'à la langue élégante et précise du XVIIe siècle. Comme Bernanos dans *Dialogues des Carmélites* (cf. p. 80), il traite des bouleversements qu'un conflit spirituel apporte dans l'âme de quelques religieuses. La fermeté et la subtilité de l'analyse psychologique, la densité d'une situation statique, la noblesse du sujet sont encore grandies par la perfection de la forme.

1. Doctrine exposée par le théologien hollandais Jansénius selon laquelle la grâce serait accordée à certains dès leur naissance et refusée à d'autres. L'exercice de la liberté s'en trouverait par conséquent limité.

Saint-John Perse 1887-1975

ou la Solitude exotique

L'œuvre d'Alexis Léger dit Saint-John Perse tire sa grandeur de la densité des messages qu'elle nous destine et de la barrière du langage qu'elle dresse entre le poète et son lecteur. C'est un homme de haute solitude qui s'exprime avec une luxuriance de couleurs et un goût baroque de l'inventaire, sur l'éternité de l'homme au cours des civilisations.

Toujours le poème de Saint-John Perse, composé de versets somptueux qui lui donnent l'allure de quelque cérémonial d'un autre âge, plonge ses racines dans la vie du poète. Une interruption de quelque vingt années sépare les premiers recueils (1911, *Eloges*; 1924, *Anabase*) des dernières grandes œuvres (1942, *Exil*; 1946, *Vents*; 1957, *Amers*).

D'abord secrétaire d'ambassade à Pékin, Saint-John Perse voyage dans tout l'Extrême-Orient de 1916 à 1921. Nommé ambassadeur en 1933, il s'inquiète de la montée du nazisme, s'oppose aux accords de Munich et préfère demander sa mise en disponibilité. Il s'exile en 1940 et s'installe aux Etats-Unis. Déchu de la nationalité française par le gouvernement de Vichy, il sera réintégré dans ses fonctions en 1945, mais ne reviendra plus en France que pour de brefs séjours.

Enfance créole

De son enfance à la Guadeloupe où il est né, Saint-John Perse garde le souvenir des plantations, des fruits et des oiseaux exotiques, des pluies tropicales :

Palmes... !

Alors on te baignait dans l'eau-de-feuilles-vertes ; et l'eau encore était du soleil vert ; et les servantes de ta mère, grandes filles luisantes, remuaient leurs jambes chaudes près de toi qui tremblais...

Dans *Eloges*, il ne célèbre pas seulement la magnificence de son île, qui lui inspire les belles *Images à Crusoé*, il s'abandonne à la louange des neiges, des pluies, des vents, de la mer et du soleil. On pourrait dire que toute son œuvre est un éloge de ce qui est, de ce qui fut, de ce qui sera.

Un goût archéologique du vestige

Saint-John Perse fait surgir des villes légendaires ; il évoque des civilisations enfouies ; il ressuscite des guerriers à cheval, interroge les momies royales et les hiéroglyphes indéchiffrés. Cette accumulation d'images du passé, ces « beaux fragments d'histoire en dérive », sont destinés à ranimer la force des vivants. Dans *Anabase*[1], qu'il a écrit en Asie, il raconte l'aventure militaire et spirituelle d'un conquérant. L'imagination du poète recrée les chevauchées des cavaliers dans la steppe. Au décor créole succède la vision barbare :

« L'été plus vaste que l'Empire suspend aux tables de l'espace plusieurs étages de climats. La terre vaste sur son aire roule à pleins bords sa braise pâle sous les cendres. »

Portes ouvertes sur l'exil

Dans *Vents* il évoque les grandes catastrophes qui soufflent par rafales sur les hommes, les thèmes de l'exil et de la solitude qui le hantent.

L'homme désenchanté et solitaire qui « se sent étranger à toute patrie dans ce monde », célébrera encore les neiges, « les premières neiges de l'absence, sur les grands lés tissés du songe et du réel... comme un lieu de grâce et de merci où licencier l'essaim des grandes odes du silence ».

1. *L'Anabase* (du grec Ανάβασις, « l'expédition dans l'intérieur ») : titre d'un ouvrage de Xénophon (430 ? — 355 ?) dans lequel l'historien grec relate la campagne de Cyrus le Jeune contre Artaxerxès II et la retraite des Dix-Mille. Xénophon y expose ses idées sur l'éducation, la politique et le gouvernement.

Jean Giono

1895-1970

ou la Solitude rustique

Jean Giono est avant tout un homme de Haute-Provence. Là est sa vérité. Là est aussi son drame : la campagne ne l'a pas préparé aux réalités contemporaines. Lorsque vient la guerre, il refuse de prendre les armes. Cet antimilitarisme lui vaut la prison à deux reprises : « L'époque moderne, je m'en fiche. » Il s'en évade alors dans des romans d'inspiration historique.

Dans sa première manière, Giono apparaît comme un romancier pastoral. La terre qu'il décrit et les mœurs paysannes qu'il dépeint, sont authentiques : elles ne se soumettent pas aux exigences du pittoresque provençal. *Colline, Un de Baumugnes* (1920) et *Regain* (1930) sont des contes naïfs où l'odeur de la lavande et de l'olivier parfume les passions des hommes. De *Colline* (1929) à *Que ma joie demeure* (1935), la communion intense avec le pays de son enfance rend cependant Giono encore plus sensible au pathétique, voire au tragique, des conditions rurales.

Lorsqu'il emprunte ses sujets à l'histoire du XIXᵉ siècle, il choisit un modèle qui l'exalte. C'est Stendhal. Mais on n'écrit pas deux fois *la Chartreuse de Parme*. Alors Giono invente son Fabrice del Dongo : ce sera Angelo Pardi, autre être d'exception.

Il le veut jeune, beau, généreux. Au fil de plusieurs romans (1951, *le Hussard sur le toit*; 1958, *Angelo*), il le lance dans une quête éperdue du bonheur. Mais, malgré tous ces ingrédients stendhaliens, Giono reste lui-même. Angelo Pardi passe par Manosque en 1838 et ce qu'il voit est immuable : « Sur les talus brûlés jusqu'à l'os quelques chardons blancs cliquetaient au passage comme si la terre métallique frémissait à la ronde sous les sabots du cheval. Il n'y avait que ce petit bruit de vertèbre, très craquant malgré le bruit du pas assourdi par la poussière et un silence si total que la présence des grands arbres muets devenait presque irréelle. »

Un goût de terroir

Le XXe siècle voit *la renaissance des langues et des littératures régionales* qu'avait amorcée le siècle précédent. Depuis 1951, leur enseignements est préconisé dans les établissements scolaires et il serait souhaitable que *les diversités et les particularités* de nos contes, de nos chants, de nos danses, soient préservées et encouragées.

□ Le combat du Félibrige[1] pour défendre le patrimoine provençal, les efforts pour réunir l'héritage des vieux bardes bretons, ont abouti. La langue occitane, le corse, le béarnais, revendiquent leur droit à la parole, comme le basque, le breton ou les savoureux parlers d'Alsace ou de Saintonge.

□ Beaucoup d'écrivains se sont attachés à leur terroir, comme René Char au Vaucluse, Jean Giono à la Provence, Jacques Chardonne à la Charente. Ils sont de plus en plus nombreux à n'avoir pas renié leurs traditions régionales pour les mœurs de la capitale. Marcel Pagnol (1895-1974) est révélé par le théâtre avec *Topaze* en 1928, mais doit sa popularité aux versions filmées qui ont été tirées de ses pièces (1930, *Marius* ; 1931, *Fanny* ; 1936, *César*), aux scènes de bravoure qu'elles contiennent, aux comédiens exceptionnels qui les ont servies, Raimu en tête. Conquis par le cinéma, Pagnol adapte les œuvres de Giono. Mais le meilleur de lui-même est probablement dans ses souvenirs d'enfance (1957, *la Gloire de mon père* ; 1959, *le Château de ma mère* ; 1960, *le Temps des secrets*).

1. Ecole littéraire constituée en Provence au XIXe siècle par Frédéric Mistral, Théodore Aubanel et Joseph Roumanille pour la défense de la langue et de la littérature occitanes.

□ Parmi les écrivains du *Midi*, Henri Bosco (1888-1976) écrit des romans savoureux *(l'Ane Culotte ; l'Enfant et la rivière ; le Mas Théotime).*

□ Des Cévennes viennent André Chamson (1927, *les Hommes de la route*) et Jean-Pierre Chabrol (1961, *les Fous de Dieu*). Maurice Genevoix (1890-1980) s'attache à la Sologne (1925, *Raboliot*) et Henri Pourrat (1887-1959) à l'Auvergne (1922-1931, *Gaspard des Montagnes* ; 1948-1962, *Trésor des contes*). Charles-Ferdinand Ramuz (1878-1947) crée une langue paysanne pour exprimer la poésie du pays vaudois (1926, *la Grande peur dans la montagne*). René Ehni reste fidèle à l'Alsace et Jean-Loup Trassard garde des liens étroits avec sa Mayenne natale (1960, *l'Amitié des abeilles*).

□ Tandis qu'Henri Queffelec peint avec amour la vie des marins bretons (1945, *Un recteur de l'île de Sein*), Per Jakez-Helias s'attache à constituer la mémoire écrite des traditions orales (1970, *le Cheval d'orgueil*). Le combat des jeunes écrivains bretons ou occitans cherche à défendre *des régions qu'ont menacées trop longtemps la centralisation parisienne et les prérogatives de la langue nationale.*

□ Le XXe siècle, qui fixe sur le papier ou sur la pellicule tout ce que la pensée avait jadis de fugitif, connaîtra peut-être à nouveau le charme des traditions orales. Celles-ci, comme les laines d'un écheveau, se rassemblaient peu à peu pour tisser les merveilleuses chansons de geste et les romans de la Table ronde. George Sand se souvenait encore des veillées berrichonnes où les histoires se transmettaient de génération en génération, et de bouche à oreille. *La mémoire des peuples* n'appartient pas à quelques archivistes privilégiés : elle est l'apanage de chacun.

Jean Anouilh

1910-...

ou la Valse des épithètes

Jean Anouilh affirme qu'il n'a d'autre biographie que celle dont ses pièces racontent l'histoire. On pourrait tout au plus chercher un fil d'Ariane dans la succession des épithètes dont il les qualifie. Elles sont tour à tour noires, roses, brillantes, grinçantes, costumées, baroques, proposant au spectateur un itinéraire capricieux. De *l'Hermine* (1932) à *Colombe* (1951), les pièces se succèdent sans relâche. Il a le sens de l'espace scénique, du dialogue percutant, de la situation dramatique.

Une partie de son œuvre est construite sur l'opposition du noir et du rose. Le noir, c'est l'angoisse d'exister, le sens de la malédiction du passé, l'obsession du destin et de la mort. Il caractérise *le Voyageur sans bagage* (1937), *la Sauvage* (1938), *Eurydice* (1942), *Antigone* (1944). Le rose, c'est la fantaisie libératrice, la pureté de l'enfance, la poésie et le rêve. Il teinte *le Bal des voleurs* (1932) et *le Rendez-vous de Senlis* (1941).

Mais Anouilh mélange les tons. Dans *Antigone*, par exemple, il mêle le réalisme le plus quotidien au tragique éternel du mythe antique (cf. p. 84).

A partir de 1947, Anouilh s'essaie au pastiche avec *l'Invitation au château* (1947) et réussit avec *la Répétition ou l'amour puni* (1947) une imitation brillante et originale de *la Double inconstance* de Marivaux.

Après la guerre, il crée avec *l'Alouette* (1953) une Jeanne d'Arc plus rose que noire, toute naturelle comme un chant d'oiseau. Il atteint avec *Beckett ou l'honneur de Dieu* (1959) une grandeur pathétique.

Tous les personnages d'Anouilh sont en quête du bonheur. Mais, comme Anouilh, ils refusent les compromissions et toute forme de bonheur qui en résulterait. Leur idéal ne peut s'affirmer que dans l'héroïsme ou la sagesse, inconciliables avec le monde contemporain.

Raymond Queneau 1903-1976

ou la Comédie du langage

Du Surréalisme, auquel il a adhéré de 1924 à 1929, Raymond Queneau garde la passion du langage. Dans ses poèmes comme dans ses romans, la langue parlée, parfois transcrite phonétiquement, l'argot, et la parodie, deviennent la réalité et l'objet même de l'œuvre.

Il s'explique sur cette revalorisation du langage oral dans *Bâtons, chiffres et lettres* (1950). Il l'expérimente, non sans virtuosité, dans *le Chien à la mandoline* (1965).

Par goût du jeu verbal, il se livre dans *Exercices de style* (1947) à 99 variations stylistiques sur le même récit d'un fait divers insignifiant.

Dans ses romans, le langage est roi. Il sert à décrire, dans *Pierrot mon ami* (1942), un parc d'attractions, réserve de rêve et de fantastique. Cette verve accompagne les fugues d'une petite fille frondeuse et mal embouchée, *Zazie dans le métro* (1959).

Mais déjà, depuis *Loin de Rueil* (1944), l'angoisse perce, sous le divertissement allègre. Dans *le Chiendent* (1933), Queneau pastiche l'Existentialisme : « Qu'est-ce que je suis ? Rien. J'suis pas. Mais alors en tant que j'suis pas, je suis. Ça vous la coupe, hein ? » Un écho moqueur de Shakespeare révèle que l'histoire de Zazie n'est que « le rêve d'un rêve, à peine plus qu'un délire tapé à la machine par un romancier idiot[1] ».

Obsédé par le vide, l'absence, la mort, Queneau répond au néant par l'humour. Sa fantaisie n'occulte jamais tout à fait l'amère réalité de la vie.

1. La vie n'est qu'« une histoire contée par un idiot, pleine de fureur et de bruit et qui ne veut rien dire » (*Macbeth*, v. 5).

Jacques Prévert 1900-1977

ou la Fête des mots

Avec Jacques Prévert, la poésie déserte ses tours d'ivoire, se dépouille de ses langages hermétiques, et entre dans la vie quotidienne, avec des mots de tous les jours que comprennent même les enfants. C'est le secret de l'extraordinaire popularité de *Paroles* dès sa parution en 1945. Jacques Prévert y réinvente l'ancienne tradition de la poésie orale. Ses poèmes, il les a d'abord récités à ses amis à la terrasse des bistrots. Ils en ont gardé un ton simple mais percutant, désinvolte mais tendre.

Aussi Prévert réprouve-t-il toute phraséologie officielle. Il se moque des discours guindés et des métaphores impénétrables. Contestataire de l'ordre établi, poète des usines et des banlieues, il met au service de son engagement social un langage émaillé de calembours et de facéties. Son humour est la plus percutante des ironies. Poète des amoureux, des voyous et des écoliers, il colporte les faits divers et s'émerveille « devant les petites annonces de la vie ».

Le cinéma

C'est comme dialoguiste de films que débute Jacques Prévert[1]. Auteur lui-même des *Enfants d'Aubervilliers*, témoignage poignant sur la vétusté de la banlieue nord de Paris dans les années 30, il collabore ensuite avec Jean Renoir et Marcel Carné pour donner quelques-uns des grands chefs-d'œuvre du cinéma.

Brouillé très vite avec Renoir, Prévert n'écrira plus que pour Marcel Carné. Après le savoureux *Drôle de*

1. Jacques Prévert, Jean Aurenche, Henri Jeanson ou Charles Spaak ont, en apportant au cinéma français un ton nouveau, donné aux scénaristes et aux dialoguistes leurs lettres de noblesse.

drame (1937), *Quai des brumes* (1938) consacre leur rencontre. Prévert imprègne ce film de son univers, celui des déserteurs et des clochards, des défavorisés de l'amour. Le héros du *Jour se lève* (1939) est un ouvrier que la révolte pousse au crime, puis au suicide dans une chambre d'hôtel. A la fable médiévale des *Visiteurs du soir* (1942) succède l'évocation du Paris forain et gouailleur du XIXᵉ siècle dans *les Enfants du paradis* (1944).

La poésie

Mais avec le succès de *Paroles* Prévert abandonne le cinéma et se tourne vers la poésie. De 1951 *(Spectacle)* à 1976 *(Hebdromadaires)*, les recueils se suivent.

Anticlérical (« Notre Père qui êtes aux cieux — Restez-y »), antimilitariste et prêt à bafouer la vaine solennité (« Ceux qui pieusement... — Ceux qui copieusement... — Ceux qui tricolorent — Ceux qui inaugurent »), il invective les misères, les oppressions et les hypocrisies *(Tentative de description d'un dîner de têtes).*

Prévert est prêt à saisir les subtiles relations des mots (« Soldats tombés à Fontenoy, sachez que vous n'êtes pas tombés dans l'oreille d'un sourd »), s'amuse aux contrepèteries (« Un serpent à café avec un moulin à lunettes »). Il capte la poésie d'une table de multiplication *(Page d'écriture)* ou d'un catalogue *(Inventaire)*. Observateur amusé du merveilleux de la nature *(Chanson des escargots)* ou de la vie quotidienne *(Déjeuner du matin)*, il est délicieusement moqueur à l'égard de la tradition, mais tendre pour les petites gens et les amoureux : « Sous les huées des enfants prodiges — avec des craies de toutes les couleurs — sur le tableau noir du malheur — il dessine le visage du bonheur. »

magazine

Le dire en chansons

On dit que *la chanson constitue l'expression la plus profonde et la plus permanente de l'âme des peuples.* Le XXe siècle lui a fait une place de choix. Occultée par trop de gaudrioles et de romances à l'eau de rose, la chanson s'affirme maintenant comme un élément vital de notre Histoire. Elle fait son entrée dans les manuels scolaires, ce qui, aux yeux de beaucoup, est une consécration : on étudie *les Vieux* de Jacques Brel comme on étudie *les Vieux* d'Alphonse Daudet.

□ *La Mer* de Charles Trenet (1939), *les Feuilles mortes* de Prévert et Kosma (1946), *le Plat pays* de Jacques Brel (1962), ont donné un tour décisif à l'histoire de la chanson. Avec Trenet, les chanteurs sont devenus poètes. Une nouvelle race apparaît : le chanteur-compositeur-auteur-interprète.

□ Mais, en même temps que la chanson se développe comme *un genre à part entière*, comme un exercice de création, l'exploitation commerciale en compromet la sincérité, et l'appât de la rentabilité, que dénonçait déjà Boris Vian dans *En avant la zizique*, lui ôte parfois de cette gratuité qui devrait caractériser toute forme d'art. Il faut saluer l'activité d'un Pierre Seghers, poète et éditeur, qui intègre dans sa collection « Poètes d'aujourd'hui » Brassens, Brel ou Béart aux côtés de Valéry ou Saint-John Perse.

□ Tandis qu'en 1941, on obligeait les enfants des écoles à chanter « Maréchal, nous voilà ! », Joseph Kessel et Maurice Druon écrivaient ce *Chant des partisans* qui, en 1943, exhortait les maquis. *L'Affiche rouge*, d'Aragon et Léo Ferré (1962), raconte la chasse aux Résistants par la Gestapo, tandis que *les Enfants d'Auschwitz*, de René-Louis Lafforgue, et *Nuit et brouillard*, de Jean Ferrat, rappellent l'horreur des exterminations.

□ Ainsi, la chanson est-elle *la compagne de l'Histoire*. Les thèmes les plus significatifs de notre époque ont été chantés : *la nostalgie des rapatriés d'Algérie* (Enrico Macias), *la colère des enfants des barricades* (Renaud), *la non-violence* (Yves Simon) et *la violence* (Bernard Lavilliers), *l'écologie* (Julios Beaucarne) et *le risque nucléaire* (Guy Béart), *l'antimilitarisme* (Mouloudji) et *la peine de mort* (Hélène Martin), *la difficulté d'être* (Barbara) et *la mort* (Brassens et Brel).

□ Charles Trenet a traduit les aspirations de la génération d'après-guerre avec des chansons qui sont de petits chefs-d'œuvre comme *l'Ame des poètes* (1951). Georges Brassens (1921-1981) chante l'anarchie, l'amitié *(les Copains d'abord)*, la nostalgie du passé (Villon) et le don de soi *(l'Auvergnat)*. Jacques Brel (1929-1978), misogyne, anticonformiste, mais fraternel *(Quand on n'a que l'amour)*, dur, mais chaleureux *(les Timides, les Vieux)*, s'en prend à toutes les institutions bourgeoises. Guy Béart (1930-...) cherche, à partir de mélodies simples, à traduire l'angoisse de notre époque. Charles Aznavour (1924-...) sait manier le sarcasme sur le métier de star de la chanson. Jean Ferrat (1930-....) compose sur des textes de Louis Aragon des chansons pleines d'émotion.

□ Hélène Martin, qui a chanté Queneau, René Char et Jean Giono, publie depuis 1970 une Anthologie complète de la poésie chantée.

□ La révolte, la nostalgie des jours heureux, la douleur des années d'affliction, le sens plein que prend le mot « libération » pour des peuples qui ont été occupés, opprimés, persécutés, blessés dans leur âme et dans leur chair, sont parfois mieux enfermés dans les refrains et les couplets d'une chanson que dans de beaux discours.

La vie éclatée 1951-1962

Au début du XXe siècle, des structures morales et sociales avaient été ébranlées. Dans la seconde moitié du siècle, c'est l'homme qui se voit menacé. Les recherches psychologiques et philosophiques (psychanalyse, existentialisme), les incursions dans les domaines interdits du subconscient (surréalisme), lui ont révélé qu'il ne parvenait plus à saisir l'intégrité de sa propre personnalité. Plus il entre profondément en lui-même, plus l'homogénéité de sa conscience individuelle se dérobe. Il se désagrège. Sa vie éclate. Il est en proie à l'absurdité que sa raison ne contrôle plus.

Les dramaturges de l'**Absurde** et les novateurs du **Nouveau roman** explorent, à l'aide de techniques littéraires nouvelles, cet effritement de l'homme confronté avec lui-même.

Le temps des cessez-le-feu

Les années 50 sont essentiellement marquées par les guerres d'Indochine et d'Algérie. En Extrême-Orient, la France échoue face à une guérilla subversive. L'Algérie constitue à son tour un Front de Libération Nationale. De 1954 à 1962, 3 000 000 de jeunes Français sont « appelés » au cours de leur service militaire à « maintenir l'ordre ». Beaucoup d'écrivains vivent ces événements comme un drame personnel. D'autres y puisent un ressentiment profond contre l'armée.

Quand les accords d'Evian mettent fin à cette guerre en 1962, le feu a cessé sur tous les fronts et la France rentre dans une ère de paix qu'elle n'a plus connue depuis 23 ans.

1 Le théâtre de l'Absurde

Le Surréalisme avait substitué à la cohérence du conscient, sur laquelle reposait toute la pensée occidentale, l'incohérence du subconscient. L'Existentialisme avait montré qu'il suffisait de s'interroger sur l'évidence d'exister pour que l'absurdité de cette évidence éclate au grand jour.

Au théâtre, dans un roman, le spectateur ou le lecteur s'attend à une intrigue bien construite, à des personnages vraisemblables, à des situations identifiables, à une cohésion du langage et de l'idée. Ces principes sont remis en question. Le monde de l'irréel ne connaît pas les lois du réel, et c'est, comme l'affirme Eugène Ionesco, « dans l'irréel que plongent les racines de la réalité ».

Les deux films d'Alain Resnais, *Hiroshima mon amour* (1959) et *l'Année dernière à Marienbad* (1961), ont passé pour hermétiques parce qu'ils mettent à l'épreuve l'instinct de logique et de vraisemblance du spectateur. De 1945 à 1961, une série de pièces de théâtre, d'abord connues des seuls initiés, puis offertes à un public de plus en plus vaste, comme *Ah les beaux jours !* de Samuel Beckett interprété par Madeleine Renaud, vont promouvoir un théâtre qualifié « de l'Absurde ».

De plain-pied dans l'absurde

La notion d'« absurde » est difficile à cerner : elle revêt des significations sensiblement différentes, selon qu'elle s'applique à telle situation familière, à l'expérience métaphysique de l'Existentialisme, ou au mouvement dramatique des années 50. Mais, dans tous les cas, elle désigne ce qui est contraire à la raison et au sens commun.

Le 11 mai 1950, création au théâtre des Noctambules de *la Cantatrice chauve* d'Eugène Ionesco : l'absurde jette son défi. Dans le passé, de Jarry à Artaud, le théâtre s'était rebellé. La révolution du fond s'était amorcée : il restait à mener à bien la révolution de la forme.

Un exemple illustre bien les intentions du théâtre de l'Absurde. Dans *l'Equarrissage pour tous*, de Boris Vian, on voit un homme poursuivre de chambre en chambre une poupée de chiffon qu'à la fin il abat, avant de se suicider. C'est la réalité métaphysique de l'être qu'il s'agit de rendre à l'aide du concret et du visible. Ainsi ce théâtre est-il un psychodrame : les personnages y sont à la fois acteur et spectateur de leurs conflits intérieurs.

La dérision du langage

Trivialités, mystifications, lieux communs, phrases toutes faites, lapsus, lapalissades, parodies, tout ce que le langage peut proposer pour piéger ces vérités cachées, est utilisé par les auteurs. A propos de cette désarticulation de la grammaire et du vocabulaire, on a pu parler, dans le théâtre de l'Absurde, d'une « radioscopie du langage ». C'est avec lui que commence l'absurde.

L'action

Non seulement l'action peut être inexistante, mais la pièce se trouve parfois privée de tout mouvement dramatique : « C'est parce que rien ne se passe que tout se passe, et que le tableau est complet de la dérision au tragique. » Le but « n'est pas de raconter une histoire, mais de construire un objet temporel dans lequel le temps, par ses contradictions, par ses structurations, mettra en relief de façon saisissante ce qui est proprement le sujet » (Jean-Paul Sartre). Dans certains cas, il ne se passe rien, le temps est aboli, l'action est mesurée par une pendule sans aiguilles et elle peut recommencer à l'infini. Aucun lien n'existe entre des scènes successives. Rien n'est préconisé, rien n'est interdit.

Les personnages

Ils procèdent de la même irréalité foncière. L'étude psychologique peut être sommaire, voire inexistante. Ces farces métaphysiques présentent des allégories d'humanité, du clochard aux rois. Dépourvus de caractéristiques psychologiques, les personnages peuvent demeurer des entités sans état civil, se substituer l'un à l'autre, ou se métamorphoser. Certains portraits, dans *le Roi se meurt* d'Ionesco ou *le Mal court* d'Audiberti, par exemple, sont cependant tracés avec un sens plus profond de l'analyse. Chaque personnage répond à une volonté de représenter toute l'humanité à travers un cas d'espèce.

Mélange des tons et des thèmes

L'humour côtoie l'angoisse, parce qu'il exprime l'angoisse. Les thèmes les plus tragiques, la mort ou la violence, passent par la parodie la plus débridée. Le ton dominant est celui de la dérision. C'est pourquoi les techniques seront parfois celles du cirque ou du cabaret, faisant appel à la clownerie, au mime, au happening[1].

1. De l'anglais « to happen » : arriver par hasard. L'action peut être laissée à la libre improvisation des acteurs.

Eugène Ionesco

1912-...

ou la Dérision du pathétique

Eugène Ionesco est né en Roumanie, mais la culture française l'imprègne. Après un premier séjour en France dans son enfance, il enseigne le français au lycée de Bucarest et revient à Paris pour s'y fixer définitivement.

Son ascension dans la littérature est rapide, depuis l'accueil mitigé de *la Cantatrice chauve* en 1950 jusqu'à la consécration de la Comédie-Française (1966, *la Soif et la faim*) et de l'Académie française (1970).

Tenu d'abord pour un « mystificateur » ou un « fumiste » par les critiques, il a su éclairer l'apparente incohérence de son théâtre initial, composé de pièces assez courtes, construites autour de l'absurdité des êtres et de leur langage, par le tragique qui caractérise les grands drames de la maturité.

Contraste et parodie

C'est se débarrasser hâtivement d'Ionesco que de le qualifier de « magicien de l'absurde ». Maître de la parodie, de la dislocation des mots et des situations, il contrarie la raison et fait apparaître un univers qui ne peut être appréhendé que par l'intuition : « Le théâtre est pour moi la projection sur une scène du monde du dedans : c'est dans mes rêves, dans mes angoisses, dans mes désirs obscurs, dans mes contradictions intérieures que, pour ma part, je me réserve le droit de prendre cette matière théâtrale » (1962, *Notes et contre-notes*).

Il tire parti de l'absurde et de l'insolite des situations quotidiennes dans une sorte de parodie permanente d'un théâtre qui visait, avant lui, à reproduire la réalité. Il tourne souvent en dérision le genre dramatique : « Plus de drame ni de tragédie ; le tragique se fait comique, le comique est tragique. » Il fait rire avec des non-sens d'une logique évidente : « Il y a une chose que je ne comprends pas, dit M. Smith dans *la Cantatrice chauve*. Pourquoi à la rubrique de l'état civil, dans le journal, donne-t-on toujours l'âge des personnes décédées et jamais celui des nouveau-nés ? »

Les métamorphoses de Béranger

La résurgence d'un même personnage, Béranger, au fil des œuvres, permet de suivre la progression de la pensée d'Ionesco.

Dans *Amédée ou comment s'en débarrasser* (1954), un petit-bourgeois besogneux, Amédée (première incarnation, sous un autre nom, de Béranger), est confronté avec un cadavre (celui de l'amant de sa femme, tué 15 ans plus tôt) qui grandit de jour en jour. Comment s'en débarrasser ? Prenant conscience de sa médiocrité devant cette situation absurde, Amédée se réfugie dans un monde de rêves où l'absurde devient vraisemblable.

Dans *Tueur sans gages* (1959), la pièce la plus désespérée d'Ionesco, Béranger, dans un long monologue final, s'interroge sur l'impuissance de l'homme qui, comme Amédée devant la croissance de son cadavre, ne sait comment réagir. Dans *le Piéton de l'air* (1963), Béranger, cette fois auteur dramatique, angoissé par la mort, cherche une délivrance poétique.

Avec *Rhinocéros* (1960), la farce métaphysique se mue en satire sociale et politique. L'arrivée pour le moins insolite de milliers de rhinocéros dans une petite ville tranquille symbolise la montée, non seulement du nazisme, mais de toutes les formes de fascisme ou de totalitarisme capables d'écraser l'individu. Béranger, employé insignifiant, sera finalement le seul qui ne capitulera pas devant l'invasion des pachydermes et devant la métamorphose des autres hommes en rhinocéros : il répond au mépris par un instinct de survie qui confine à l'héroïsme.

Mais le personnage de Béranger trouve son incarnation la plus émouvante, la plus tragique aussi, dans *le Roi se meurt* (1962). Dans un univers qui se délabre à vue d'œil, le roi Béranger Ier se sent peu à peu dépossédé de sa condition de monarque, puis de sa condition d'homme. La mort s'accroche à lui, le dévore inexorablement. On pourrait penser qu'elle triomphera dans un anéantissement scandaleux de tout ce qui existe, mais, pareil au vieux roi Lear de Shakespeare, c'est dans le dénuement extrême de la mort que Béranger accède à la dignité, parce qu'il a alors renoncé à toutes les vanités du pouvoir.

L'identité des contraires

Tous les thèmes du théâtre d'Ionesco apparaissent dans cette métamorphose angoissée de l'homme qui perçoit l'absurdité de sa condition. D'une pièce à l'autre, on retrouve la puissance des rêves et des fantasmes, la quête de l'absolu (qui fera le sujet de *la Soif et la faim*), l'angoisse de la mort (plus tard, dans *Jeux de massacre* et dans *Voyage chez les morts*), la tragédie de la domination et du pouvoir (aussi dans *Macbett*), la violence contemporaine (dans *Ce formidable bordel* et *l'Homme aux valises*).

On aura perçu les oppositions qui se manifestent dans le traitement de ces thèmes, du lyrisme bouffon au tragique tantôt burlesque, tantôt sublime. Les sous-titres que Ionesco donne à ses pièces sont explicites : *la Cantatrice chauve* (1950) est une « anti-pièce » ; *la Leçon* (1951), une « farce tragique » ; *les Chaises* (1952), une « tragédie comique » ; *Victimes du devoir* (1953), un « pseudo-drame ».

La dislocation des genres correspond à la dislocation des personnalités et du langage. Dans *la Leçon*, un modeste professeur de province affronte une élève sûre d'elle-même et légèrement arrogante. A mesure que se déroule « la leçon » (très particulière), le professeur se change en meurtrier lubrique entre les mains duquel l'élève n'est plus qu'une chose molle et désarticulée. Dans *la Cantatrice chauve*, inspirée par la méthode Assimil, les personnages sont conduits par l'incohérence du langage qui mène l'action, désarticulé au point de se réduire à des onomatopées, des lapsus ou des coq-à-l'âne.

Les objets sont aussi extraordinaires que les mots. Dans la chambre d'Amédée prolifèrent les champignons. Dans *les Chaises*, deux vieillards, qui habitent un phare, imaginent une réception devant des dizaines de chaises vides : incapables de faire face à la réalité, ils se suicident. Les nez se multiplient sur le visage d'une jeune fille dans *Jacques ou la soumission* tandis que dans *la Leçon*, l'obsession du mal aux dents perd l'élève que menace un couteau invisible. « Les objets sont la concrétisation de la solitude, de la victoire des forces antispirituelles, de tout ce contre quoi nous nous débattons », explique Ionesco. Le délabrement progressif du décor dans *le Roi se meurt* accompagne le délabrement progressif du roi, et lorsque le roi meurt, du décor évanoui il ne reste plus qu'une lumière grise.

Une gigantesque farce ?

Les hommes se changent en bêtes, les horloges tournent à l'envers. Les indications scéniques sont d'ailleurs à cet égard savoureuses : « Un autre moment de silence. La pendule sonne sept fois. Silence. La pendule sonne trois fois. Silence. La pendule ne sonne aucune fois » ! Ionesco jette un défi à toutes les logiques. Il soumet la vie quotidienne à l'épreuve de sa fantaisie. Il nous oblige à comprendre que notre intelligence n'est pas la seule mesure des choses. Il nous laisse le soin de déchiffrer les énigmes et de scruter les caricatures. Le cadavre envahissant d'Amédée serait-il autre chose que le poids du passé qu'on traîne avec soi et qui s'augmente de son chargement de remords et de rancœurs ?

Le comique d'Ionesco, comme celui de Molière, est amer. On vient d'en rire, mais, en effet, on devrait en pleurer. On y voit le perpétuel étonnement d'un enfant qui ne saisit que par la dérision les situations les plus pathétiques.

Samuel Beckett
ou le Tragique des poubelles

1906-...

Irlandais d'origine, Samuel Beckett se fixe à Paris en 1936. Il écrit directement en français depuis 1945. Lors d'un séjour antérieur en France, il s'était lié avec le groupe surréaliste. Mais, parmi les influences que l'on détecte dans son œuvre, ce sont celles de son compatriote James Joyce[1] et de l'écrivain tchèque Franz Kafka[2] qui prédominent.

L'univers de Beckett est très déconcertant : il s'intéresse à des personnages minables, vagabonds ou clochards, dont la psychologie est très élémentaire, et qui sont voués la plupart du temps à une existence larvaire, à une déchéance mortelle.

Le théâtre de Samuel Beckett a connu à partir de 1958 une renommée mondiale qui a valu à son auteur le prix Nobel de littérature (1969).

Le monologue intérieur

Les principaux personnages des romans de Beckett (1947, *Murphy*; 1951, *Molloy*; 1952, *Malone meurt*) portent des patronymes à l'initiale M : ils ne forment qu'une seule et même personne. Et cet être unique se livre presque toujours au monologue intérieur. On dirait que Beckett n'a jamais raconté d'autre histoire que celle d'une conscience qui se débat avec elle-même, fouille dans les souvenirs épars de son passé, cherchant dans un discours ininterrompu le mot final qui la ferait taire, rendue au silence en même temps qu'au néant.

Molloy est divisé en deux parties. On voit d'abord un vieux clochard nommé Molloy qui essaie de discerner

1. (1882-1941), *Ulysse* (1922).
2. (1883-1924), *le Procès* (1925) ; *le Château* (1926).

dans une relation confuse de sa vie une vérité qui lui échappe : « Et je suis à nouveau je ne dirai pas seul, non, ce n'est pas mon genre, mais, comment dire, je ne sais pas, rendu à moi, non, je ne me suis jamais quitté, libre, voilà, je ne sais pas ce que ça veut dire mais c'est le mot que j'entends employer, libre de quoi faire, de ne rien faire, de savoir, mais quoi, les lois de la conscience peut-être, de ma conscience, que par exemple l'eau monte à mesure qu'on s'y enfonce... » Il disparaît dans un fossé. Dans la seconde partie, Moran part à la recherche de Molloy, mais, au cours de sa quête, il va devenir Molloy lui-même, un vagabond prisonnier d'un destin qu'il est incapable de comprendre.

L'absurde tragique

Le théâtre de Beckett n'est pas moins déroutant. La pièce qui l'a révélé, *En attendant Godot* (1953), a d'abord suscité une vive surprise. Sur une route, au pied d'un arbre, deux clochards attendent un certain Godot. Est-ce Dieu (God) qu'ils attendent? Personne ni rien ne viendra, et, le lendemain, ils attendent encore, tuant le temps en vains bavardages : « On se pendra demain. A moins que Godot ne vienne. — Et s'il vient? — Nous serons sauvés. »

Dans *Oh les beaux jours* (1963), une femme, dont on ne voit d'abord que le buste qui émerge d'un tertre, s'enlise peu à peu. Réduite à l'impuissance physique, enterrée jusqu'au cou, elle ne dispose plus que de ses yeux et de sa bouche, vivant symbole de la vanité des actes et de l'absurdité des paroles. Cependant, pour Winnie comme pour Molloy, les beaux jours commencent avec la volonté de survivre malgré tout.

Beckett place volontiers ses personnages dans de telles conditions d'impuissance, enfouis dans des poubelles (1957, *Fin de partie*) ou coincés dans des jarres (1964, *Comédie*), pour mieux accentuer le rôle du monologue qui, lui-même, peut se réduire à un langage inarticulé. De cette vision clownesque des vérités profondes de l'homme, Jean Anouilh a pu dire : « Ce sont les *Pensées* de Pascal jouées par les Fratellini. »

Jean Genet

1910-...

ou l'Enfance humiliée

En 1944, les premiers livres de Jean Genet *(Notre-Dame des Fleurs ; Pompes funèbres ; Querelle de Brest)* circulaient sous le manteau. Ils étaient jugés scandaleux parce qu'ils parlent de trahison, de vol et d'homosexualité.

D'Assistance publique en Maison de correction, hôte de bien des geôles et compagnon des repris de justice, Genet est un témoin qui se raconte dans *Journal du voleur* (1949) par exemple. Il ne plaide pour personne. Il ne parle que pour lui-même. Incapable de juger ses actes en fonction d'une morale ordinaire, il se contente de les avouer.

A partir de 1947, c'est par le théâtre qu'il s'exprime. Il s'y trouve contraint à plus d'exigence et s'y montre moins complaisant à l'égard de lui-même.

Les domestiques des *Bonnes* (1947), les prisonniers de *Haute surveillance* (1949), les clients de la maison de rendez-vous du *Balcon* (1956), cherchent à être autres qu'ils ne sont, sans jamais parvenir à s'évader de leur bagne intime. Ils sont condamnés à vivre avec leurs lâchetés ou leurs rancunes. Parfois, Genet est aussi le porte-parole de l'anticolonialisme dans *les Nègres* ou de l'antimilitarisme dans *les Paravents* (1966).

Cependant, le trajet qu'il suit est solitaire. Il « héroïse » sa vie. Il s'exprime d'ailleurs à l'aide d'un lyrisme qui transfigure cette apologie du mal en un élan poétique.

La Compagnie Renaud-Barrault

L'action de Jean-Louis Barrault au théâtre est indissociable de l'histoire de la littérature contemporaine. Acteur et metteur en scène, animateur de compagnie, révélateur et serviteur des plus grandes œuvres du répertoire classique ou moderne, français ou étranger, il est l'homme de théâtre le plus complet qui existe. Né en 1910, élève de Charles Dullin, héritier de Jacques Copeau et du théâtre du Cartel (cf. p. 61), il débute à la Comédie-Française en 1940 dans *le Cid*, mais en démissionne au printemps 1946 parce qu'il ne veut pas se « laisser enfermer dans un wagon plombé ».

□ Quand Jean-Louis Barrault fonde à cette date avec Madeleine Renaud leur illustre compagnie, c'est la rencontre du tendre mime qu'il incarne dans *les Enfants du paradis* (cf. p. 128) et de la touchante Maria Chapdelaine (cf. p. 26) qu'elle interprète au cinéma. Dès lors, c'est l'amour qui préside aux destinées de la Compagnie. Ardent et éclectique, Jean-Louis Barrault cherche à créer « une grande famille spirituelle » pour laquelle le théâtre serait « un acte d'amour », une fête totale qui mêlerait tous les autres arts, le mime, la danse, le chant, le cinéma...

□ Dès les dix premières années, la Compagnie joue ou crée 104 pièces, de tous siècles et de tous pays. Dans les divers théâtres où elle s'installe, elle exploite *un double répertoire*, respectant l'alternance des grands auteurs classiques (Molière, Racine, Marivaux, Beaumarchais, Musset) avec les contemporains (Claudel, Montherlant, Sartre, Ionesco, Camus, Anouilh, Giraudoux). Elle s'attache aussi bien aux œuvres consacrées de Shakespeare, Lope de Vega, Tchekhov ou Pirandello, qu'au théâtre expérimental de Christopher Fry, Edouard Albee, Georges Schéhadé, Marguerite Duras, Nathalie Sarraute, François Billetdoux ou Samuel Beckett.

□ *Ce qui caractérise le mieux la Compagnie, c'est justement, auprès d'un répertoire « classique », la création dans de « petites salles » d'œuvres audacieuses, nouvelles, d'avant-garde.* Ainsi, tandis qu'elle affiche sans risque en 1966 Racine ou Claudel, elle affronte avec *les Paravents* de Jean Genet un scandale sans précédent (sauts de paras du deuxième balcon, bombes fumigènes, bagarres, blessés...).

□ La grande rencontre est celle de Jean-Louis Barrault et de Paul Claudel. La Compagnie joue *Partage de midi* (1948), *Christophe Colomb* (1953), *Tête d'or* (1959), mais surtout reste fidèle à ce *Soulier de satin*, créé à la Comédie-Française avec Jean-Louis Barrault dans le rôle de Rodrigue et Madeleine Renaud dans celui de Dona Musique, et inlassablement repris, complété, repensé, épuré.

□ La Compagnie effectue des tournées incessantes dans le monde entier. Errante, nomade, parfois chassée, sans feu ni lieu, capable de se réfugier dans les salles les plus modestes, les plus insolites, partout, elle sert le théâtre, répondant à la tradition des troupes depuis Molière, courageuse et dynamique.

□ Les *Cahiers* de la Compagnie paraissent à partir de 1953. Ils visent à établir des contacts avec le public, à présenter le répertoire d'une manière plus complète, à faire appel aux témoignages des aînés et des contemporains. Jean-Louis Barrault est par ailleurs l'auteur de livres précieux sur le théâtre (1946, *Mise en scène de « Phèdre »* ; 1949, *Réflexions sur le théâtre* ; 1972, *Souvenirs pour demain* ; 1975, *Comme je le pense*).

Quatre tendances dominantes

Telles qu'elles apparaissent déjà chez Ionesco, Genet ou Beckett, quatre tendances fondamentales peuvent être dégagées chez les autres représentants de ce théâtre : la parodie, le vertige des mots, la révolte et la fantaisie.

La **parodie** est évidente chez Michel de Ghelderode (1898-1962) qui s'inspire du théâtre populaire flamand, des tréteaux de foire et du guignol d'*Escurial* (1930) à l'*Ecole des bouffons* (1953). René de Obaldia, par ailleurs romancier (1956, *Tamerlan des cœurs*), se livre dans *Du vent dans les branches de sassafras* (1956) à une parodie de western.

Le **vertige des mots** caractérise plus particulièrement Jean Tardieu (1903-...) dans ses poèmes et dans son théâtre qu'il considère comme des « poèmes à jouer ». Il satirise volontiers la linguistique et manie l'humour verbal avec subtilité dans *Un mot pour un autre* (1951).

La **révolte** est violente contre la société chez Fernando Arrabal ; agressive contre toutes les oppressions dont le capitalisme accable les hommes chez Arthur Adamov ; subtile chez François Billetdoux (1927-...). Celui-ci conçoit son théâtre comme une fresque ou une symphonie, et intègre à l'action dialoguée l'expression corporelle (1964, *Il faut passer les nuages*).

Avec Billetdoux règne la **fantaisie**. Mais le maître du genre est Jacques Audiberti (1899-1965) qui se délivre de toutes contraintes pour laisser aller son imagination (1959, *l'Effet Glapion*) et son sens de la moquerie (1947, *le Mal court*), et sait passer du grotesque au sublime.

Désormais, l'évolution du théâtre en France s'inscrit dans un mouvement international : Friedrich Dürrenmatt en Suisse, Edouard Albee aux Etats-Unis, Rafael Alberti en Espagne ou Slawomir Mrozek en Pologne.

2 Vers le Nouveau roman

Dans le domaine romanesque, les influences étrangères se conjuguent. Les Anglo-Saxons ont aidé à développer le sens du monologue intérieur (James Joyce, Virginia Woolf, Henry James) ; les Américains ont renouvelé les structures du récit (Dos Passos, Hemingway, Steinbeck) ; l'Autrichien Robert Musil mêle au récit la réflexion de l'auteur, et le Tchèque Franz Kafka implique la notion d'absurde dans son ambiguïté quotidienne.

Un exemple frappant de l'évolution du roman est celui de Maurice Blanchot (1907-...) qui, d'abord proche de Giraudoux (1941, *Thomas l'obscur*), s'en éloigne sous l'influence de Kafka (1942, *Aminabad*) et devient, par son interrogation critique sur le langage et par les thèmes de ses œuvres (l'absence, notamment), l'un des précurseurs du Nouveau roman.

André Pieyre de Mandiargues (1909-...) a le goût de l'érotisme (1963, *la Motocyclette*). Comme chez Julien Gracq, l'influence du Romantisme allemand se fait sentir dans ses contes fantastiques (1946, *le Musée noir*).

De tous ces indisciplinés, Boris Vian aura été le cadet privilégié par la postérité.

Boris Vian

1920-1959

ou le Réalisme de l'insolite

« Colin reposa le peigne et, s'armant du coupe-ongles, tailla en biseau les coins de ses paupières mates, pour donner du mystère à son regard » : ainsi commence *l'Ecume des jours* (1947). Le lecteur va se glisser, presque à son insu, dans l'univers fantaisiste et insolite de ce poignant roman d'amour que Vian résume ainsi : « Un homme aime une femme, elle tombe malade, elle meurt. » Colin est un jeune homme charmant. Il aime Chloé. Mais il ne parvient pas à la guérir d'un nénuphar qui lui dévore les poumons. Nous sommes plongés dans un monde absurde, cruel comme la société contemporaine, tendre comme l'âme des adolescents.

Le charme, la popularité de Boris Vian, tiennent peut-être à cette exceptionnelle habileté à nous faire entrer sans étonnement dans un monde qui nous enchante, nous amuse, nous bouleverse.

Au temps de Claude Luter et de Sydney Bechet, quand le jazz New Orleans passionne la jeunesse, Boris Vian renonce à son métier d'ingénieur pour jouer de la trompette dans les caves de Saint-Germain des Prés. Sous le pseudonyme de Vernon Sullivan, il publie un véhément pamphlet contre le racisme, *J'irai cracher sur vos tombes* (1946), qui fait scandale, et des romans agressifs et canularesques. Il vit intensément ces années d'après-guerre, se surmène et en meurt prématurément.

Il laisse essentiellement quatre grands romans *(l'Ecume des jours, l'Automne à Pékin, l'Herbe rouge* et *l'Arrache-cœur)* où se conjuguent la pureté des sentiments, la féerie du langage, l'insolence de l'humour. L'inventeur de mots et de situations cocasses est aussi un homme capable de saisir la gravité de l'amour et de la mort, mais Boris Vian neutralise l'amertume de sa réflexion sur le destin par l'espièglerie du langage et le merveilleux des situations.

Julien Gracq

1910-...

ou les Lieux maléfiques

Louis Poirier dit Julien Gracq est resté en partie fidèle au Surréalisme de sa jeunesse. Mais il a surtout cherché à intégrer l'expérience surréaliste à la littérature traditionnelle. Ses romans se présentent comme une fable de la réalité contemporaine. Ils jouent un rôle d'allégorie et dévoilent, en faisant appel au dépaysement dans le temps et dans l'espace, une réalité magique, qui nous entoure et que nous saisissons imparfaitement. André Breton considérait *Au château d'Argol* comme l'aboutissement du Surréalisme.

Professeur, Julien Gracq assimile au cours de sa carrière une vaste culture qui l'aide à construire son propre univers. On y rencontre l'influence du roman noir, du Romantisme allemand, et le retour obsessionnel du thème du Graal.

Au pays des sortilèges

Dans toute l'œuvre de Gracq règne le goût des lieux sauvages, manoirs, forts isolés, grèves et forêts, champs clos où l'insolite de la nature sert de cadre aux incertitudes de l'homme.

Au château d'Argol paraît en 1938, la même année que *la Nausée*. Les personnages sont prisonniers d'une étrange bâtisse moyenâgeuse, entourée de marais et de falaises. Orages et fantômes, tout le répertoire du « roman noir » est utilisé pour provoquer des malaises enchanteurs. Le cauchemar et la beauté se côtoient aussi dans *le Rivage des Syrtes* (1951), chef-d'œuvre de l'évocation fantastique : « L'aube spongieuse et molle était trouée par moments de louches passées de lumière, qui boitaient sur les nuages bas comme le pinceau tâtonnant d'un phare. »

Mais l'envoûtement des lieux n'est que le signal de l'ennui, du lent dépérissement des êtres. Le même sentiment d'attente morbide caractérise *Un beau ténébreux* (1945) qui se passe dans les grisailles de Bretagne. Allan dégage un charme qui bouleverse le destin de son entourage.

La lenteur des récits de Gracq augmente leur tension. La description brûlante ou glacée des sites, servie par un style particulièrement apte à restituer la magie de lieux insalubres et comme dans l'expectative des drames qui s'y jouent, est à l'image de ces âmes guettées par la destruction.

Les sortilèges dissipés

Le Roi pêcheur, écrit pour le théâtre en 1948, se ressent de l'influence germanique de Richard Wagner *(Parsifal)* et des romans de la Table ronde. Le vase sacré qui a contenu le sang du Christ est gardé par un vieux roi affligé, en châtiment de ses fautes, d'une blessure incurable. Un jeune preux, Perceval, va-t-il lui succéder ? Non, car il n'est pas capable de la pureté nécessaire à l'accomplissement de cette mission.

Les qualités de Gracq, son aptitude à rendre dans le roman les abstractions à l'aide de situations dramatiques concrètes, son talent à peindre les atmosphères en demi-teinte, ne se retrouvent pas dans son théâtre. La pièce échoua et la critique se montra sévère.

Prisonnier de guerre (1940-1941), il traduit plus tard ses impressions dans *Un balcon en forêt* (1958) où réapparaît le thème de l'attente, favori à Julien Gracq. Il se consacre ensuite à des œuvres de méditation et de souvenir. À mesure que son style s'épure, dans *la Presqu'île* (1970) ou *les Eaux étroites* (1976), le charme des évocations perd de sa puissance, si grand était dans *le Rivage des Syrtes* le sortilège des mots.

3 Le Nouveau roman

Le mouvement que l'on appelle Nouveau roman a pris naissance vers 1950 dans une réflexion critique sur le genre romanesque.

Qu'est-ce qu'un roman? C'est un récit imaginaire dont l'intrigue peut présenter une certaine vraisemblance. Il fait vivre des personnages. Il peint souvent les mœurs d'une époque. L'auteur y intervient parfois comme témoin.

Le Nouveau roman se donna d'abord pour objet d'**exterminer le personnage** et **d'anéantir l'intrigue.** Vide d'êtres et d'actes, le néo-roman refuse du même coup l'analyse psychologique et la peinture sociale. La description des objets, révélatrice de la vie absente, y est privilégiée.

Vivement critiqué par ses contemporains, de Simone de Beauvoir, qui n'y voit que de l'ennui, à Ionesco, qui le qualifie de « bricolage », le Nouveau roman a pu être considéré comme « un des pires passages de notre histoire littéraire » (Kléber Haedens).

Il n'en a pas moins donné à réfléchir, après le roman héroïque des années 30 et le roman métaphysique des années 40, sur la nature et la destinée du genre romanesque. Par l'abandon délibéré qu'ils font des techniques habituelles, des écrivains comme Claude Simon ou Robert Pinget se sont ralliés au Nouveau roman principalement représenté par Alain Robbe-Grillet, Nathalie Sarraute, Michel Butor et Marguerite Duras.

Alain Robbe-Grillet 1922-...

ou le Roman optique

Théoricien du Nouveau roman (1956, *Une voie pour le roman futur*), Alain Robbe-Grillet l'expérimente dans son œuvre romanesque. Mais, à partir de 1961, il découvre les possibilités du cinéma. L'expérimentation littéraire, de portée limitée, touche à son terme.

De sa formation d'ingénieur agronome, il garde des habitudes de géomètre et d'arpenteur : dans ses romans, il décrit, il situe, il mesure. Ses personnages sont dépourvus de texture psychologique. Il leur préfère la description des objets et des lieux.

C'est par *les Gommes* (1953) que Robbe-Grillet se fait connaître. Dans cette parodie du roman policier, l'enquêteur tue un homme dont il est probablement le fils. Mais l'approche des faits est si complexe que le lecteur s'y perd. Les éléments caractéristiques de l'œuvre de Robbe-Grillet sont exposés : description maniaque des lieux, importance primordiale donnée aux objets, annulation de la perspective temporelle. Passé, présent, futur se confondent.

Ces éléments sont à nouveau réunis dans *le Voyeur* (1955). *La jalousie* (1957) se déroule de part et d'autre des lames d'une « jalousie ». Un mari voyeur épie sa femme qu'il soupçonne, d'où l'ambiguïté du titre. Mais l'espion devient peu à peu l'espionné. Voir et être vu, c'est dans l'échange des regards que réside l'intérêt. Jour et contre-jour, champ et contre-champ, ces techniques sont celles du cinéma.

Scénariste de *l'Année dernière à Marienbad* (1961), que filme Alain Resnais, Robbe-Grillet reprend ces thèmes de l'espace clos (un palace baroque, un parc géométrique), de l'intemporel (époques confondues, réel et imaginaire indivisibles), du doute (un homme affirme avoir rencontré une femme l'année dernière. Ment-il ?).

Nathalie Sarraute 1902-...

ou le Mûrissement souterrain

Nathalie Sarraute anticipe avec *Tropismes*[1] (1939) la rupture avec le roman traditionnel : ce n'est que plus tard, entre *Martereau* (1953) et *le Planétarium* (1959), qu'elle adhère au mouvement de Robbe-Grillet. Elle participe au Nouveau roman parce qu'elle en a d'avance expérimenté les recherches.

Elle s'en explique dans un essai, *l'Ere du soupçon* (1956), où elle définit l'importance à ses yeux du dialogue. Elle dit que la conversation délivre peu à peu une « sous-conversation, c'est-à-dire ce qui gît sous l'exprimé, entre les actes, dans les non-dit, dans l'inavoué qui est parfois l'inavouable... ».

Le dialogue, devenu un véritable code pour l'imagination, incite le lecteur à entrer dans l'œuvre et à en créer pour lui-même les mouvements intérieurs. L'objet de *Tropismes*, c'est précisément de saisir ces « drames minuscules, ayant chacun ses péripéties, son mystère et son imprévisible dénouement ». Les personnages, désignés à l'aide de pronoms personnels, sont réduits à des « formes lisses et arrondies », à des « contours purs et fermes », comme dans *Portrait d'un inconnu* ou dans *le Planétarium*. La vérité des personnages n'est pas dans la peinture qu'en fait l'auteur, mais dans leur réalité sous-jacente qu'elle suggère et que nous avons à reconstituer.

S'observant elle-même volontiers en train d'écrire (1963, *les Fruits d'or*), Nathalie Sarraute est pareille à ces jardiniers qui se détournent des fleurs et des fruits pour se passionner pour le « mûrissement souterrain » qui les produit.

1. Tropisme : accroissement d'un végétal dans une direction donnée sous l'influence d'une excitation extérieure (lumière, pesanteur, etc.).

Michel Butor

1926-...

ou la Fascination du lieu

L'œuvre de Michel Butor, passionnante et multiple, se renouvelle par de constantes recherches. L'appartenance momentanée de Michel Butor au Nouveau roman ne suffit pas à cerner la complexité de ses livres, qui vont de la poésie à l'essai.

Tous sont dominés par « le génie du lieu », pour emprunter le titre de l'un de ses ouvrages. « Tout lieu, écrit-il, est... le point d'origine d'une série de parcours possibles passant par d'autres régions plus ou moins déterminées. »

Le lieu peut être un immeuble parisien de sept étages dont il raconte la vie en une seule nuit (1954, *Passage de Milan*[1]) ou encore une petite ville minière du pays de Galles dont un homme, en quête de son passé, explore les rues (1956, *l'Emploi du temps*).

Dans *la Modification* (1957), entre Paris et Rome, un voyageur, enfermé dans un compartiment de chemin de fer, poursuit un itinéraire intérieur. Au fil du voyage, il est amené à renoncer à la femme qu'il va rejoindre.

Faisant appel à son expérience de professeur de philosophie, Michel Butor analyse dans *Degrés* (1960) une salle de classe pendant une heure de cours : l'étude du milieu est solidaire du lieu. Dans d'autres ouvrages, il fera appel à des typographies complexes (codes, diagrammes, puzzles) pour enrichir la description. Depuis quelques années, il renouvelle l'essai littéraire *(Matière des rêves ; Répertoire)*.

1. A rapprocher de l'ouvrage de Georges Perec, *la Vie mode d'emploi* (cf. p. 166).

Marguerite Duras

1914-...

ou l'Appréhension du silence

Un homme et une jeune fille font connaissance sur le banc d'un square. Ils échangent des banalités chargées de tristesse et d'espoir. Et lorsqu'ils se quittent, ils redoutent ce silence dans lequel ils vont retomber tous les deux : Marguerite Duras donne dans *le Square* (1955) le thème essentiel de son œuvre : l'ennui engendré par la solitude, le besoin de l'autre, la faim d'amour et de dialogue. Mais le besoin de l'autre révèle la difficulté de communication. La pensée de Marguerite Duras se situe entre ce dialogue désiré et ce vide redouté.

Sur cette idée, Marguerite Duras construit une œuvre abondante et variée. Elle ne s'inscrit que partiellement dans le Nouveau roman, passe du roman traditionnel (1950, *Un Barrage contre le Pacifique*) au roman existentialiste (1953, *les Petits chevaux de Tarquinia*), évolue perpétuellement de la nouvelle au théâtre et du théâtre au cinéma.

Moderato Cantabile (1958), sur le thème de l'incommunicabilité, expose un subtil jeu de cache-cache dans un couple que seul, apparemment, unit un crime passionnel sans mobile. Les êtres se côtoient, se cherchent, comme dans *le Marin de Gibraltar* (1952) ou comme dans *Détruire, dit-elle* (1969).

Souvent réduits à des dialogues, les romans de Marguerite Duras l'incitent au théâtre (1953, *Des journées entières dans les arbres*) ou au scénario (1960, *Hiroshima mon amour*, d'Alain Resnais).

A travers toute son œuvre elle exprime la difficulté de donner un contenu à l'absence et de s'atteindre soi-même.

Lecture, chemin de la liberté

Faire lire, à l'ère de l'audiovisuel, est devenu l'objectif de tous les éducateurs. À la fin du XVIIIe siècle, le tirage d'un livre pouvait atteindre 3 000 exemplaires. Vers 1830, il dépassait parfois 10 000 exemplaires. En 1954, *les Carnets du Major Thompson*, de Pierre Daninos, est le type même du best-seller avec plus de 500 000 exemplaires. Et nous sommes encore loin des 5 millions d'exemplaires qu'avait atteints en langue anglaise *Autant en emporte le vent* de Margaret Mitchell entre 1936 et 1956 ! Le phénomène de *la communication de masse*, qui rend nécessaire la fourniture de lectures abondantes et bon marché à des lecteurs de plus en plus nombreux, a bouleversé l'édition au point qu'on a parlé d'une véritable *« révolution du livre »*.

☐ Après 1848, on avait découvert — et des éditeurs comme Jules Hetzel en furent conscients — que *le chemin de la liberté passe par les conquêtes culturelles et que le livre à grande diffusion est une arme au service du peuple.* Au XXe siècle, un double phénomène confirme ces prévisions : le best-seller et le paperback ou livre au format de poche.

☐ Le premier est le résultat d'une véritable politique des géants de l'édition. Un *best-seller*, lancé comme livre de choc, doit ensuite poursuivre sa carrière comme livre de fond.

☐ Le second, *le livre en format de poche*, apparaît en France en 1953 sous l'influence de la collection anglaise Penguin fondée en 1935. D'abord réticente, la France, très attachée à la suprématie du livre « broché », cède à la vogue du livre « de poche », à gros tirages et à prix réduits. En 1980, 130 millions de livres en format de poche ont été vendus, soit un tiers de la consommation de la France en livres. Le Livre de poche, devenu label d'une collection, atteint une vente moyenne de 20 millions d'exemplaires par an. Une autre collection, Folio, a réuni depuis sa création, il y a dix ans, 1 175 titres.

□ Tandis que ces collections de poche se multiplient, des recherches publicitaires, de nouveaux types d'illustrations pour les couvertures, des méthodes de vente plus efficaces, font l'objet d'études constantes. L'apparition du livre dans les magasins à grande surface notamment contraint le libraire à modifier son image traditionnelle.

□ Chaque collection cherche sa particularité : publication d'œuvres rares (10/18, Garnier-Flammarion, Stock-Plus), réédition de titres épuisés (l'Imaginaire), monographies (Microcosme, Petite Planète), essais philosophiques, ethnologiques, historiques (les Essais), catalogue pratique du savoir encyclopédique (Que sais-je ?).

□ Parmi les média, des émissions de radio comme le Masque et la Plume, ou de télévision comme Apostrophes de Bernard Pivot, contribuent à la promotion du livre.

□ Mais, concurrencée par le cinéma, la télévision, les loisirs, *la lecture doit faire l'objet d'une politique qui lui redonne un essor prioritaire.* Des réformes touchant les droits des auteurs, les éditeurs, les libraires, le système de distribution et de diffusion, l'exportation, sont mises en place. Les bibliothèques centrales de prêt se créent. Enfin, vœu des syndicats depuis 1945, le livre entre à l'usine avec la création de bibliothèques d'entreprises plus nombreuses et la protection des droits culturels des travailleurs.

□ Au terme du XXe siècle, la politique du livre, c'est plus qu'une révolution : c'est un sauvetage.

L'avenir du passé 1962-...

Ceux qui sont nés depuis 1962, constituent la jeunesse d'aujourd'hui. Consomment-ils cette littérature dont l'histoire vient d'être tracée ? Ils l'affirment parfois, mais, selon les enquêtes, en 1981, un Français sur trois ne lisait pas du tout.

Pourtant, on n'a peut-être jamais autant écrit. En septembre de chaque année, environ 200 livres nouveaux entrent en lice pour les grands prix littéraires (Goncourt, Interallié, Fémina, Renaudot, etc.).

Cette génération, productrice ou consommatrice de littérature, est à la fois hantée par un passé lourd d'épreuves, qu'elle n'a pas connu, et par un avenir qu'elle envisage, compte tenu de l'incertitude des temps et de l'accélération du progrès, avec inquiétude.

Le commencement de la fin du siècle

A la guerre, qui couve un peu partout dans le monde comme un feu souterrain, ont succédé la violence, les attentats, les émeutes, les massacres.

L'exploration de l'espace depuis 1961 et la conquête de la lune en 1969 ont réalisé le rêve qui avait hanté les imaginations de Cyrano de Bergerac à Jules Verne. L'esprit des enfants est habité par ces odyssées de l'espace, ces vaisseaux interplanétaires, ces robots, ces galaxies où se meuvent d'étranges extra-terrestres et où s'affrontent de redoutables civilisations. Le cinéma rend crédibles ces produits de l'imagination. La science-fiction devient une réalité quotidienne pour des jeunes qui ne seront adultes qu'au XXIe siècle, et croient encore que l'an 2 000 sera inaccessible !

La société française connaît de profondes transformations, mais les mentalités et les attitudes demeurent souvent tournées vers le passé et refusent les nouvelles structures. Au cours des émeutes étudiantes de mai 68, suivies de grèves massives, la France révèle son malaise. Ni l'approfondissement des relations humaines, ni l'élargissement des mœurs, qui en sont les conséquences, ne résolvent les graves problèmes du chômage et de l'inflation qui atteignent dans les années 80 des proportions alarmantes.

A la veille des changements de millénaire, les hommes ont toujours été pris de peur et ont cru lire des signes de la fin du monde. Au Moyen Age, c'étaient les loups, les épidémies, les famines. La science enraie les épidémies, mais la famine n'a fait que changer de continents. Dans *Fin de siècle*, Jean-Edern Hallier évoque cette « angoisse de nos modernités ». Aussi les écrivains contemporains sont-ils encore davantage les témoins attentifs et tourmentés de leur époque. Moins que jamais l'homme et la femme ne se sentent sécurisés. Et cette génération cherche dans l'écriture un exutoire aux menaces du quotidien.

Comme ces vingt dernières années ont vu les femmes s'émanciper et occuper leur place légitime dans les Lettres, Marguerite Yourcenar ouvrira symboliquement ce dernier chapitre.

Marguerite Yourcenar 1903-...

ou les Destinées exemplaires

Jusqu'en 1960, Marguerite Yourcenar — anagramme de Crayencour — se présente comme un écrivain qui a admirablement renouvelé, avec *Mémoires d'Hadrien*, le roman historique. D'abord connue des amateurs lettrés par un court roman épistolaire sur le thème gidien du mariage d'un homosexuel (1929, *Alexis ou le traité du vain combat*), elle s'est ensuite intéressée à l'Italie de Mussolini (1934, *Denier du rêve*) et à la lutte antibolchevique dans les pays baltes (1939, *le Coup de grâce*).

L'Œuvre au noir marque en 1968 le début d'une gloire qui va la conduire jusqu'à l'Académie française où elle est la première femme à siéger (1980). L'anticonformisme de cette « vieille dame indigne » lui vaut parfois des jugements contestataires, mais l'originalité de sa pensée et de sa prose la place parmi les plus grands écrivains de son temps.

Le goût de l'antique

Elle connaît, grâce à son père, une adolescence aristocratique. Helléniste et latiniste, il lui inculque la passion de l'Antiquité qu'elle entretient par l'étude du grec et du latin, et par des séjours en Grèce et en Italie.

Elle s'intéresse aux grandes figures du passé, Electre, Achille, Antigone, et ressuscite les mouvements de leur cœur (1936, *Feux*). Mais elle aime particulièrement traduire les poètes grecs, qu'ils soient anciens comme Pindare, à qui elle consacre un essai, ou modernes comme Constantin Cavafis[1]. Avec *la Couronne et la lyre* (1979), « une traduction faite pour soi seul », elle révèle le plaisir qu'elle éprouve à faire revivre les plus beaux vers de quelque 110 poètes de l'Antiquité.

Mais c'est surtout avec *Mémoires d'Hadrien* (1951) qu'elle excelle dans la reconstitution mi-historique, mi-

1. (1863-1933). Dans un autre domaine, Marguerite Yourcenar est également traductrice des Negro Spirituals (1966, *Fleuve profond, sombre rivière*).

imaginaire, du monde antique. Dès son adolescence, Marguerite Yourcenar est hantée par la figure de l'empereur Hadrien, successeur de Trajan en 117 après J.-C. Pour point de départ de son récit apocryphe, mais reposant sur une documentation authentique, elle choisit le moment où Hadrien se trouve à la fin de sa vie devant son propre passé. Il écrit une longue lettre à celui qu'il destine à l'empire, Marc Aurèle. Marguerite Yourcenar réussit à atteindre l'homme dans ses vérités les plus profondes tout en reconstituant sa carrière, ses voyages, l'environnement de sa vie quotidienne, et sa passion pour le jeune Antinoüs.

L'originalité de ce livre, c'est que, franchissant à rebours l'espace de temps qui la sépare de son modèle, elle refait « du dedans ce que les archéologues du XIXe ont fait du dehors », elle édifie, « un pied dans la magie, l'autre dans l'érudition », « ce qu'elle appelle l'architecture tragique du monde intérieur ».

La Renaissance

Dans *l'Œuvre au noir*, elle se tourne vers le monde de la Renaissance et, autour du personnage fictif de Zénon, médecin, alchimiste et philosophe, elle brosse une fresque des années 1510-1569. Comme Hadrien, Zénon est issu de ses rêves d'adolescente, mais c'est un personnage composite qui réunit les caractéristiques de son panthéon personnel : Erasme, Paracelse, Dürer, Rembrandt, Vinci.

Le titre, qui évoque la formule alchimique de la dissolution de la matière, découvre le propos de Yourcenar : Zénon est un esprit en quête de vérité. Se libérant des routines et des préjugés, il atteint, par épreuves successives, la sagesse universelle.

Les mémoires

Dans ses livres de mémoires, qu'elle consacre tantôt à son ascendance maternelle (1974, *Souvenirs pieux*), tantôt à la lignée paternelle (1977, *Archives du nord*), elle remonte encore le cours du passé. Partout, elle se donne des exemples : « Je suis comme nos sculpteurs, fait-elle dire à Hadrien : l'humain me satisfait ; j'y trouve tout, jusqu'à l'éternel. »

Effervescence du roman

Entre les tenants de la tradition et les promoteurs de l'avant-garde, tendances qui ont animé l'ensemble de la littérature française, la querelle des Anciens et des Modernes s'est apaisée. L'histoire qui vient d'être tracée constitue le passé d'un avenir qui s'appelle le XXIe siècle.

Parmi les écrivains nés entre 1914 et 1937 (Paul Guimard, Lucien Bodard, Daniel Boulanger, François-Régis Bastide, Yves Berger, Dominique Fernandez, Pierre-Jean Rémy), Bernard Clavel se distingue par sa sensibilité aux drames de notre époque (1959, *l'Espagnol*), son attachement au terroir (1965, *le Voyage du père* ; 1960, *Malataverne*). François Nourrissier (1927-...), pamphlétaire insolent et désinvolte, mêle dans ses chroniques (1964, *Un petit bourgeois*) fiction et réalité. Comme lui en quête de soi-même, Louis Nucera (1928-...) estime que l'écriture le sauve « de l'inutile » et donne un sens à sa vie (1979, *les Diables bleus*).

Une génération de romanciers nés aux alentours de 1940 s'affirme dans des œuvres qui ont paru à partir de 1965. Elle se caractérise par la technique du « roman en abîme » (l'auteur s'observe en train d'écrire), la quête des origines et le mal de vivre.

Le roman en abîme

Cette technique avait été utilisée par André Gide dans *les Faux-Monnayeurs* et par Nathalie Sarraute dans *les Fruits d'or*. Un jeune romancier comme Renaud Camus n'ira-t-il pas jusqu'à signer son roman *Echange* du nom de l'un des personnages de son précédent roman, *Passage* ?

Dans *le Double jeu* (1973) de Didier Martin, le romancier est au cœur de son roman. Dans *les Dames de France* (1977) d'Angelo Rinaldi, le narrateur présente son roman comme un récit qu'il aurait écrit avant de se suicider. Dans *le Voyage à Naucratis* (1974), Jacques Almira se cherche lui-même dans la trame des histoires qu'il invente. *Les Etats du désert* (1950) de Marc Cholodenko s'achève sur le brouillon d'un livre qui s'intitulerait *les Etats du désert* ! Pour Jean Frémond, l'écriture est « cet abri idéal d'où sont effacés tous figurants, où sont abolis tous projets... ».

La quête des origines

La recherche de racines, ce que Jean Delay appelle « l'avant-mémoire », est obsessionnelle dans le roman contemporain[1]. Patrick Modiano le souligne dans l'exergue des *Boulevards de ceinture* qu'il emprunte à Rimbaud : « Si j'avais des antécédents à un point quelconque de l'histoire de France ! Mais non, rien ! » Régine Deforges dans *les Enfants de Blanche*, Michel Ragon dans *l'Accent de ma mère*, Alain Bosquet dans *l'Enfant que tu étais*, se sont tous lancés aux alentours des années 80 dans ces chroniques de la vie familiale. En même temps plane sur cette génération l'ombre des années 40 que Pascal Jardin ressuscite dans *le Nain jaune*.

Paradis pour certains, le souvenir d'enfance est un enfer pour d'autres. Michel del Castillo, enfant espagnol victime de la guerre civile, est obsédé jusque dans son seizième roman, *la Nuit du décret*, par ces années douloureuses. Moins sombres sont les évocations de Robert Sabatier, des *Allumettes suédoises* (1969) aux *Noisettes sauvages* (1974).

1. En opposition avec les thèses du Nouveau roman (p. 150).

Le mal de vivre

Claude Faraggi (1942-...) décrit une société malade qui traverse un tunnel au bout duquel attend la mort (1965, *les Dieux de sable*; 1975, *le Maître d'heure*). Romancier du renoncement et de la déchirure, il cherche à cerner l'homme contemporain dans ses difficultés à communiquer. Yves Navarre, homosexuel, milite pour son droit à sa différence (1977, *le Petit galopin de nos corps*). Du côté des femmes, Monique Wittig et Hélène Cixous se révoltent contre le sexisme et revendiquent leur condition féminine.

Des voix singulièrement différentes s'élèvent pour dire la diversité de l'homme contemporain. Mais c'est bien souvent sur un constat de solitude que toutes se rencontrent et l'incommunicabilité est bien l'un des thèmes majeurs de la littérature contemporaine. Elle frappe les héros des *Insulaires* de Christian Giudicelli et les deux protagonistes de *Elle lui dirait dans l'île* de Françoise Xenakis.

Le recul manque pour dire quelle place tiendra dans les dernières années du siècle un écrivain comme Patrick Grainville (1976, *les Flamboyants*). Si Patrick Modiano exprime bien les thèmes de sa génération, Georges Perec, Michel Tournier et Jean-Marie Gustave Le Clézio ont donné quelques-uns des livres importants de notre époque.

Patrick Modiano 1945-...

ou les Photos jaunies

Patrick Modiano subit l'héritage d'un passé récent qu'il n'a pas connu. Né à la Libération, il est obsédé par cette époque, à la lisière de son enfance.

La Place de l'étoile, qui le révéla au cours du printemps agité de 1968, raconte l'histoire d'un jeune Juif pendant l'Occupation. Dans ce roman comme dans ceux qui suivront, Modiano évolue non sans charme à mi-chemin entre l'authenticité historique et l'imprécision du rêve. Fragment par fragment, il délimite son propre paysage du passé et le peuple de personnages vrais ou fictifs. Le fil du récit tisse entre lui et ce monde d'hier un réseau de subtiles attaches dans lesquelles réside son identité.

Il évoque un agent double de la Résistance et de la Gestapo dans *la Ronde de nuit* (1969). Le héros des *Boulevards de ceinture* (1972) retrouve son père dans les milieux de la Collaboration et du marché noir.

Modiano affirme cette quête de son identité dans un essai sur la recherche autobiographique (1977, *Livret de famille*). Le héros de *Rue des boutiques obscures* (1978), lui, est coupé de ses origines par l'amnésie. Qu'il évoque la guerre d'Algérie (1974, *Villa triste*) ou le destin des anciens pensionnaires d'un collège de province (1982, *De si braves garçons*), Modiano cherche dans la mémoire collective de l'Histoire des antécédents capables de le soustraire à son époque.

Georges Perec

1936-1982

ou l'Amateur de puzzles

Celui qu'on a qualifié de « bricoleur de génie » disparaît à 46 ans d'un cancer du poumon, laissant une œuvre touffue et variée. Deux ouvrages la dominent, *les Choses* (1965), récit court et formel, et *la Vie mode d'emploi* (1978), épanouissement gigantesque de toutes ses recherches et de toutes ses tendances.

Pour Perec, amateur de puzzles et de mots croisés, l'écriture devient un jeu. Tantôt il se flatte d'écrire un roman sans employer la voyelle « e » (1969, *la Disparition*) ; tantôt il multiplie les alphabets, reproduisant faire-part, figurines, fac-similés, grilles, plans ou étiquettes *(la Vie mode d'emploi)*.

Voilà, peut-être, pour le « bricoleur ». Mais ce que l'homme ressent au fond de lui-même, c'est l'angoisse de la vie contemporaine, qui nous expose au tumulte des choses et à l'indifférence des hommes. En sociologue, Georges Perec décrit dans *les Choses* les mœurs et les manies d'un couple d'intellectuels modernes.

Mais c'est dans *la Vie mode d'emploi*, sous-titrée « romans » (au pluriel), qu'il sonde le mieux, en héritier de Balzac, cette « comédie humaine » singulièrement amère. Il s'agit d'une odyssée extravagante à travers un immeuble dont il décrit la vie, étage par étage, chambre par chambre. Insoucieux de l'unité de temps, qu'avait respectée Michel Butor dans *Passage de Milan* (cf. p. 153), il raconte les péripéties multiples qui se sont succédées, superposées, au fil des locataires. Les histoires de plus de cent personnages s'entrecroisent dans le plus original des romans qu'on peut lire à partir de n'importe quelle page.

Michel Tournier

1924-...

ou la Mutation des légendes

Licencié ès lettres et en droit, Michel Tournier apparaît comme l'aîné de la jeune génération. Passionné de métaphysique, il explique son autobiographie intellectuelle dans *le Vent Paraclet* (1977).

Dans quatre ouvrages essentiels, il réactive des histoires anciennes, mythiques ou entrées dans la légende, pour les adapter à sa philosophie personnelle et aux contingences contemporaines.

Les métamorphoses de Robinson

Vendredi ou les limbes du Pacifique (1967), dont Michel Tournier tire une version pour les jeunes lecteurs *(Vendredi ou la vie sauvage)*, reprend le thème de Robinson Crusoé. Mais, alors que Daniel Defoe, au début du XVIIIe siècle, se préoccupe essentiellement de la survie matérielle de Robinson, Tournier s'interroge sur sa survie spirituelle. La condition insulaire du naufragé lui permet d'analyser les conséquences de la perte de civilisation.

Avant, Robinson existait parce que les autres pouvaient témoigner de son existence. Maintenant, seul et nu, mort aux yeux de tous, sa propre conviction qu'il existe « a contre elle l'unanimité ». Il s'abandonne alors à la destruction de la civilisation et s'intègre peu à peu à l'univers cosmique qui l'entoure.

Vendredi apparaît, l'autre ou le double, personnage principal et initiatique parce qu'il guide, achève et explique la transformation : il hâte la désagrégation morale et économique de son compagnon en lui révélant la force des énergies naturelles : « suspendu dans une éternité heureuse », Robinson ne quittera plus jamais son île.

Un ogre contemporain

Trois ans plus tard, *le Roi des Aulnes*[1] reprend à la fois le mythe fantastique de l'ogre qui dévore ce qu'il aime, et du cavalier germanique qui emporte son enfant mort dans une chevauchée maléfique.

Tournier mêle ces deux symboles et les transpose au cœur de l'idéologie nazie. Une enfance frustrée de tendresse a fait d'Abel Tiffauges l'ennemi de la société. Jeté dans la guerre et dans les horreurs de l'hitlérisme, il y trouve une étrange libération à ses instincts de vengeance. Mais la rencontre d'un enfant juif lui révèle l'amour, un amour au terme duquel il choisit de périr, emportant dans la mort l'objet de sa tendresse retrouvée.

La recherche du double

En 1975, dans *les Météores*, Jean et Paul sont des jumeaux si unis qu'ils semblent former une seule personne, Jean-Paul. Mais, quand Jean se marie, l'équilibre biologique est compromis, l'unité gémellaire est en péril. Le jumeau déparié se lance à la recherche de son frère. Cette quête entraîne le lecteur vers les horizons les plus divers, dans les aventures les plus cosmopolites, jusqu'à Berlin qu'un mur, élément symbolique, vient de partager en deux villes. Comme avec Robinson-Vendredi, Tournier recherche l'impossible complément, l'identité idéale.

Le quatrième roi mage

Dans *le Coq de bruyère* (1978), recueil de contes, Tournier cherche à restituer des vérités, drôles ou navrantes, « embusquées sous nos objets familiers... comme des oiseaux sous les feuillages ou des crabes sous les rochers ». Dans *Gaspard, Melchior & Balthazar* (1980), il garde ce ton de conteur pour broder sur la légende orientale et chrétienne des rois mages qu'il réinvente en leur donnant un quatrième compagnon.

Cette recherche de l'identité fait de Tournier l'un des romanciers les plus originaux de notre époque.

1. Sujet de la célèbre ballade de Goethe (1782) mise en musique par Schubert.

Jean-Marie Gustave Le Clézio 1940-...

ou l'Ecriture investigatrice

Le Prix Théophraste Renaudot révélait en 1963 le premier roman d'un jeune Niçois beau et discret : *le Procès-Verbal*. Depuis, J.-M. G. Le Clézio n'a cessé d'écrire et il s'impose comme l'un des écrivains majeurs de sa génération. Partagé entre sa carrière de professeur qui l'entraîne à l'étranger et ses voyages il vit à l'écart des modes littéraires.

L'homme contemporain

A la publication du *Procès-Verbal*, on a voulu lui trouver des attaches : tantôt le Nouveau roman, parce que Le Clézio dédaigne les formes traditionnelles ; tantôt des poètes comme William Blake, Lautréamont ou Rimbaud, en raison du lyrisme anticonformiste de son écriture. Mais Le Clézio est un indépendant qui ne se laisse guider que par son écriture personnelle. Il voit en elle un moyen de libérer l'univers qui nous habite. Chacun de ses livres raconte une prise de conscience de l'homme moderne confronté avec sa propre civilisation.

Le héros du *Procès-Verbal* est une sorte de prophète qui s'est retiré dans une maison abandonnée. Il y fait l'expérience de « l'extase matérialiste » : il s'identifie à son environnement ; il devient plage, objet ou animal. Il perçoit en même temps la simultanéité des choses et leur contenu d'éternité. Mais, victime de son imagination, il sera interné par les hommes qui se méfient des mirages et des voyants.

L'écriture à l'état brut

On a parlé, à propos de Le Clézio, de « métaphysique fiction », parce qu'il trace dans ses récits l'itinéraire des sensations étouffées plus que des réseaux de sentiments ou d'idées clairement perçus. Seule l'écriture investigatrice « qui tâtonne avec ses mots, qui cherche et décrit, avec minutie, avec profondeur, qui s'agrippe, qui travaille la réalité sans complaisance », seule cette écriture libératrice peut faire surgir du néant les sourdes rumeurs de l'homme aux prises avec un univers tragique.

C'est par l'écriture que Le Clézio remet en question la littérature traditionnelle. Il a recours à tous les procédés, reproduction de documents (tickets de métro, affiches, prospectus, pages d'annuaires, tracts) ou supercheries typographiques (lignes barrées, fac-similés), pour restituer le monde graphique contemporain.

Le monde moderne

Dans *la Fièvre* (1965), recueil de neuf nouvelles (genre dans lequel Le Clézio excelle), il raconte la prise de conscience de la solitude contemporaine. L'un de ses personnages n'est pas sans évoquer Meursault dans *l'Etranger* (cf. p. 108) : « Maintenant, je suis seul, je suis vraiment seul, tout seul. » Cherchant un équilibre entre l'obsession de la mort (1966, *le Déluge*) et l'hymne à la vie (1967, *Terra amata*), Le Clézio s'aperçoit que l'homme, son contemporain, a pour condition permanente l'état de guerre (1970, *la Guerre*). La violence règne sur la société de consommation à laquelle il est soumis (1973, *les Géants*, qu'Yves Bonnefoy qualifie de « poème épique au temps des mass média »). Il poursuit dans *Désert* (1980) ce portrait de l'homme non révolté qui se heurte à tout moment contre sa propre civilisation.

Le Clézio attache plus d'importance à l'écriture, qui permet de dire quelque chose, qu'à la pensée qui est incapable de donner des réponses sûres à nos angoisses : « Il y a longtemps que j'ai renoncé à dire tout ce que je pensais (je me demande même parfois s'il existe vraiment quelque chose qui s'appelle une pensée) ; je me suis contenté d'écrire tout cela en prose... »

Essor du féminisme

1951, *le Rempart des béguines* de Françoise Mallet-Joris ; 1954, *Bonjour tristesse* de Françoise Sagan ; 1958, *le Repos du guerrier* de Christiane Rochefort : trois romans de femmes, trois victoires sur la mainmise quasi totale de l'homme sur la littérature.

Françoise Mallet-Joris (1930-...) pose le problème des conflits contemporains de générations dans *la Maison de papier*. Françoise Sagan (1935-...) s'efforce de communiquer une certaine gravité à un monde futile et factice. Christiane Rochefort (1917-...) raconte la solitude et la révolte d'une jeunesse prisonnière des H.L.M. Moins contestataire, Christine de Rivoyre (1921-...) trace un tableau pittoresque de la vie moderne. Andrée Chedid (1921-...) prend ses distances avec le monde d'aujourd'hui et garde le sentiment d'une sérénité à conquérir. Dominique Rolin (1913-...) comme Simone Jacquemart (1924-...) sont en quête d'une sagesse perdue et se livrent à des recherches à la fois sur le plan de la technique romanesque et de l'analyse de la personnalité féminine.

La condition de la femme dans l'équilibre du couple, le rapport des femmes avec l'érotisme ou la maternité, leur message d'amour devant l'angoisse, leur courage, leur combat contre une société conventionnelle et hiérarchisée, tels sont les principaux thèmes qui apparaissent dans le roman féministe. Benoîte Groult a révélé avec *Ainsi soit-elle* ces problèmes posés à la grande majorité des femmes du monde entier.

Romanesque de l'histoire

L'Histoire en forme de roman connaît une grande vogue. A cet égard, le succès de la biographie est significatif. La peinture des mœurs d'une autre époque à travers la destinée d'un héros ou d'une héroïne est aussi une manière de s'évader de la sienne.

Le Moyen âge est le cadre privilégié d'un grand nombre de romans historiques. Zoé Oldenbourg s'intéresse surtout aux Croisades *(Argile et cendres)* et à l'hérésie cathare *(le Bûcher de Montségur)*. Jeanne Bourin, Régine Pernoud et Régine Deforges cherchent dans l'Histoire des témoignages sur la difficile condition de la femme. Robert Merle consacre trois volumes à des chroniques du XVIe siècle.

Horizons divers

Quatre écrivains, placés au confluent des cultures arabe, hébraïque et française, servent la pensée juive : Albert Cohen, Edmond Jabès, Raymond Abellio et Albert Memmi.

D'Afrique du Nord viennent Mohammed Did, Kateb Yacine et Rachid Boudjera, tous trois sensibles à la condition de l'homme dans leur terre d'origine, l'Algérie.

A ses illustres aînés qui ont chanté et défendu le peuple noir d'Afrique et des Antilles, Léopold Senghor et Aimé Césaire, défenseurs de la « négritude », succède Edouard Glissant (1928-...). Dans ses poèmes et ses romans, il se fait le porte-parole de ses compatriotes antillais.

magazine

Du sapeur Camember à Astérix

Dans les premières années du XXe siècle, la bande dessinée française prend son essor. Elle n'a ni ancêtres, ni titres de noblesse. Mais elle dérive de ces histoires en images qu'on lisait sur les parchemins égyptiens.

□ En 1895, Georges Colomb dit Christophe (1856-1943), docte auteur de manuels scolaires, publie *la Famille Fenouillard*, ouvrage destiné à donner à la jeunesse le goût des voyages. Le bon sens y triomphait toujours. Les albums du *Sapeur Camember* (1896) et du *Savant Cosinus* (1900) faisaient la joie des enfants.

□ Ces mésaventures naïves, *racontées en images bariolées reliées par un texte succinct et pittoresque*, trouvent avec Bécassine, en 1905, une nouvelle héroïne. Cette brave Bretonne en sabots et à l'air hébété part à la conquête de Paris dans *la Semaine de Suzette*. Dans un autre journal pour enfants, *l'Epatant*, la bande des Pieds Nickelés (Croquignol, Ribouldingue et Filochard), de L. Forton, fait son apparition burlesque en 1908. Le personnage de Bibi Fricotin, du même auteur, sera créé en 1924.

□ La multiplication des *hebdomadaires pour enfants* permet une diffusion des B.D. Remplaçant le *Magazine d'Education et de Récréation* fondé en 1864 par Hetzel, on voit apparaître *la Semaine de Suzette* (1904), *l'Epatant* (1907), *l'Intrépide* (1909), *Cœurs vaillants* et *Ames vaillantes* (1929), *Bayard* (1936), *Spirou* (1938), puis *Tintin*, *Pif* et *Pilote* (1959).

□ C'est cependant aux Etats-Unis que la B.D. trouve des conditions favorables à son expansion. La série très populaire de Rudolph Dirks, les *Katzenjammer Kids* (1897), passe l'Atlantique sous le titre de *Pim Pam Poum*. C'est surtout avec la parution du *Journal de Mickey* à partir de 1934 que la B.D. américaine envahit la presse enfantine française.

□ En 1930, Georges Rémy dit Hergé (mort en 1983) lance en Belgique le premier album de *Tintin (Tintin chez les Soviets)*. L'événement est considérable et, dès le deuxième album (1932, *Tintin en Amérique*), les personnages de Tintin, du chien Milou, du professeur Tournesol et de la Castafiore deviennent inséparables de notre époque.

□ Après *Blake et Mortimer* d'Edgar Jacobs en 1946, la technique de la B.D., influencée par les recherches américaines, et notamment celles du dessinateur des Tarzan, Burne Hoggarth, connaît une spectaculaire évolution : *nouveaux rapports entre le texte et le dessin, rupture du cadre géométrique des vignettes, trouvailles de mise en page, sujets mieux adaptés aux particularités du genre*. Dans cet esprit, Mézières publie *Valerian* et Druillet *Lone Sloane*.

□ En 1959, Goscinny et Uderzo jettent leur tandem de Gaulois dans l'arène de la B.D. Les tirages de certains albums atteignent 1 500 000 exemplaires. Deux Français sur trois ont au moins lu l'un de ces albums. Une enquête montre qu'en 1982, 80 % des Français lisent des bandes dessinées, mais beaucoup les dénigrent.

□ Pourtant, loin d'être un genre mineur, la B.D. s'est vigoureusement implantée. Sous des airs naïfs, *elle véhicule parfois l'idéologie du XXe siècle*. A ses débuts, ne dénonçait-elle pas l'inégalité des classes (rapports des maîtres et des domestiques), le mépris dans lequel Paris tenait la province, l'anticommunisme ou le colonialisme ?

□ On peut cependant regretter qu'elle emprunte parfois ses sujets à la littérature et transpose Shakespeare ou Victor Hugo au lieu d'exploiter ses particularités originales qui sont sa raison même d'exister.

Polars

Paul Claudel disait : « Le roman policier s'adresse aux couches les plus basses de la bêtise humaine. » Ainsi balaie-t-on parfois des genres, comme la bande dessinée, qui apparaissent mineurs parce qu'ils n'atteignent pas toujours la profondeur de pensée de la poésie ou du théâtre.

□ Porté aux nues par quelques intellectuels des années 50, le roman policier est ensuite surtout victime de la concurrence du récit d'espionnage et de science-fiction. Des collections comme la Série noire ou le Masque virent leurs tirages baisser et durent espacer leurs publications. La concurrence des grands maîtres anglo-saxons et américains sclérose aussi un peu le roman policier français. Mais celui-ci, sous le nom de « polar », connaît un renouveau : quelques jeunes auteurs prometteurs, la vogue du film policier, l'apparition de magazines spécialisés, lui ouvrent de nouvelles perspectives.

□ Qu'est-ce qu'un roman policier ? La définition suivante a été proposée dans l'*Anthologie du roman policier* : *« Il y a roman policier lorsque le point de départ de l'ouvrage est une énigme singulière et que son développement est la recherche d'une solution ; lorsque cette solution est conforme à la logique et aux connaissances de l'époque et ne fait appel ni au surnaturel, ni à un excès de coïncidences contraire au bon sens. »* Cette définition ne correspond plus que partiellement à un genre en évolution constante.

□ Un auteur comme Michel Lebrun distingue « les trois âges du roman policier » contemporain. Première génération : un lord est trouvé assassiné dans la bibliothèque du manoir... Deuxième génération : un privé trenchcoté enquête dans une ville pourrie... Troisième génération : des loubs en Perfecto et Santiags écument les banlieues-dépotoirs... La plupart du temps, ces trois stéréotypes cohabitent et s'entremêlent.

□ En France, on a publié en 1981 537 romans criminels dont 300 de langue française. Parmi les auteurs traditionnels, on retient les noms de San Antonio aliaş Frédéric Dard (90 millions d'exemplaires !), Boileau-Narcejac, Charles Exbrayat, José Giovanni, Sébastien Japrisot, Hubert Monteilhet. Avec Jean-Pierre Manchette et Michel Lebrun, le *« néo-polar »* présente des caractéristiques nouvelles. Il peint volontiers la corruption des milieux financiers ou policiers, le terrorisme, la collusion flics-truands, la criminalité urbaine ou la solitude des grands ensembles.

□ Comme le dit Roger Caillois, le roman policier est le « miroir des réactions de l'homme au sein de la collectivité ». Ce contexte social, ces mentalités, ont été si bien décrits par Georges Simenon (1903-...) qu'André Gide a pu affirmer que c'était « le plus vraiment romancier que nous ayons en littérature ». Simenon invente le commissaire Maigret dont il publie 19 enquêtes entre 1931 et 1934 ! Son personnage est si populaire que, fût-il tenté de l'abandonner, ses lecteurs ne lui en laissent pas le droit ! Auteur prodigieusement fécond, il excelle, dans les 72 volumes de ses œuvres complètes, à évoquer les milieux populaires et petit-bourgeois.

□ Sur ses traces, de jeunes auteurs comme Catherine Arley ou Michel Guibert privilégient *un climat plutôt qu'une intrigue*, donnent plus d'importance à la psychologie qu'à la mécanique du suspense.

□ On tue encore dans les romans policiers, comme au temps d'Agatha Christie, mais la recherche du meurtrier importe moins que les mobiles, les circonstances, l'analyse des caractères, l'évocation des atmosphères. Le roman policier n'est pas seulement une distraction pour plages et chemins de fer : c'est un genre dont les frontières avec le roman « tout court » sont bien minces.

Anémie du théâtre

Après les grands moments de théâtre d'avant-guerre, après la formidable explosion de l'Absurde, le genre ne connaît pas de notable évolution. Le théâtre semble marquer un temps d'arrêt. Les reprises de pièces d'auteurs qui ont déjà fait leurs preuves, et l'apparition d'un répertoire étranger (Harold Pinter ou Peter Shaffer), se substituent à une production nouvelle. Les chefs-d'œuvre d'aujourd'hui sont peut-être, comme le dit Jean-Louis Barrault, dans la poche de quelque jeune homme tout pareil au Claudel inconnu de 1889 qui venait d'écrire *Tête d'or*...

Ténacité de la poésie

Avec des poètes qui ont traversé la plus grande partie du XXe siècle, comme Henri Michaux, Marie Noël ou Patrice de La Tour du Pin, comme avec de nouveaux venus, la poésie française reste toujours aussi vivante et aussi vibrante.

La **tradition** est représentée par des poètes chrétiens. Marie Noël (1883-1967) trouve en Jacques Réda (1929-...) un successeur simple et touchant. Comme Pierre Emmanuel (1916-...), qui a jadis milité pour la défense de son pays occupé et qui œuvre maintenant pour la protection de notre patrimoine culturel, André Frénaud (1907-...) est partisan de l'engagement du poète.

Jean Grosjean (1912-...) est marqué par la lecture de la Bible et l'influence de Paul Claudel. Jean-Claude Renard chante la création et la nature.

Cette poésie, chrétienne ou non, se caractérise par une volonté d'élargir le champ du poème, soit par la composition, soit par le sujet. L'acte poétique chez Yves Bonnefoy s'appuie sur l'enseignement de la peinture et chez Roger Caillois sur la connaissance de la physique (1966, *Pierres*), voire de la sociologie (1939, *le Mythe et l'homme*).

L'expérimentation

Deux mouvements détournent l'inspiration au profit du travail : le **lettrisme** (la lettre est l'élément essentiel du poème), préconisé par Isidore Isou et exploité par Jean-Pierre Faye, Michel Deguy et Jacques Roubaud, et le **spatialisme** (dislocation du texte à partir de la phonétique et de la syntaxe), que représente Pierre Garnier. Dans ces recherches, qui procèdent de la linguistique, la poésie est souvent traitée comme un puzzle ou comme une arithmétique. C'est l'abstrait en poésie.

La réaction

A ces tentatives, Philippe Jacottet amorce une réaction qui se confirme avec le **réalisme** quotidien de Guillevic (1981, *Trouées*) ou de Georges Perros (1973, *Papiers collés*), avec le **lyrisme** d'Hubert Juin (1971, *les Guerriers de Chalco*; 1982, *le Rouge des loups*).

Les récents recueils parus (Edith Boissonnas, Philippe Clerc) attestent que la poésie est un besoin de l'homme assez fort pour résister à l'adversité du temps.

Nouveaux regards de la critique

La psychanalyse, la sociologie et la linguistique se mettent au service de la critique littéraire. Aux biographies narratives d'André Maurois succèdent des études qui mettent en évidence l'analogie de l'homme et de l'œuvre dans l'exercice de la création (cf. p. 22). Dans son *Victor Hugo*, Hubert Juin notamment envisage l'œuvre comme le fantasme de la vie et cherche le rapport entre le vécu et l'écriture.

La critique a pu progresser dans cette voie grâce aux recherches de Gaston Bachelard sur le rêve et l'imagination, de Georges Poulet sur la perception du temps, et de Jean Starobinski sur l'espace intérieur.

L'idée s'impose qu'une langue est à la fois une réalité individuelle et l'expression d'une civilisation. Ces perspectives ouvrent des chemins divers à Michel Foucault, à Claude Lévi-Strauss et à Roland Barthes.

Observateur extérieur de la littérature, Roland Barthes (1915-1980) est frappé par le fait qu'il n'existe pas de réalité sans expression. Dans *le Degré zéro de l'écriture* (1953), il distingue la langue (le fonds commun mis à la disposition de l'écrivain), le style (qui lui permet de traduire son univers personnel) et l'écriture (qui est l'expression d'un époque ou d'une société). Cette science, la sémiologie, connaît un retentissement considérable.

magazine

Il était une fois l'an 2000

L'an 2000, barre de mesure mythique du temps, aube de futurs fabuleux ou redoutables, n'est plus qu'*un lendemain proche et familier*. Mais, si proche soit-il, il demeure une énigme, car l'Histoire n'évolue pas sans accidents de parcours capables de renverser les prévisions et de faire mentir les prophéties.

☐ Dans une nouvelle intitulée *Au XXIXe siècle*, Jules Verne faisait vivre à ses lecteurs la journée d'un journaliste de 2889. Celui-ci correspond de part et d'autre de l'Atlantique grâce à un « phonotéléphote ». *Lorsque l'anticipation fictive repose sur des données scientifiques, elle porte le nom de science-fiction.* Cent ans plus tard, le procédé imaginé par Jules Verne est expérimenté : il s'appelle la visionconférence.

☐ Mais le naïf Jules Verne n'est pas capable de prévoir les dangers de ses inventions : il n'imagine pas que le « journal parlé transmis par téléphone » puisse devenir une arme. Pierre Pelot en fait le sujet de son ouvrage, *les Pieds dans la tête* (1982) : en 2006, un téléviseur miniaturisé implanté dans le cerveau lui dicte ses ordres.

☐ L'espionnage de chaque citoyen par le moyen d'un téléviseur à double action est l'un des thèmes de *1984* (1950) de George Orwell, peinture terrifiante d'*un monde totalitaire* mené par le marxisme.

☐ Le roman d'Aldous Huxley, *le Meilleur des mondes* (1932), évoque une utopie encore plus redoutable : *la standardisation de l'humanité*, produite et conditionnée en flacons : or, en 1982, la science rend possible la fécondation in vitro, premier pas de la réalité sur les chemins de la fiction.

☐ La peur d'*une technologie avancée* dont l'homme ne serait plus maître apparaît dans *Ravage* (1943) de René Barjavel, qui raconte la destruction de Paris, peuplée en 2052 de 25 millions d'habitants.

□ La menace d'*un collectivisme tout-puissant* se fait sentir. Dans *les Enfants de Mord* (1979), Michel Jeury dépeint l'Europe du XXIe siècle entièrement livrée aux Syndicats. René Barjavel imagine dans *le Voyageur imprudent* (1958) la société de l'an 100 000, monstrueuse termitière où l'homme n'est même plus un individu capable de sentir ou de réfléchir. Dans *la Planète des singes* (1963) de Pierre Boulle, l'homme est asservi au singe. Déjà, dans *le Rire jaune* (1913) de Pierre Mac Orlan, les hommes de selle, de somme et de trait de l'an 4000, décimés par une épidémie de rire, étaient soumis à la dictature des bêtes.

□ *Le surpeuplement* reste l'inévitable menace. Jean Raspail raconte que vers 1995 le Tiers Monde se mettra en marche et que, sur les côtes de France, débarqueront des millions d'émigrants venus du Gange. Déjà, en 1908, J.-H. Rosny imaginait *la Mort de la terre* peuplée de vingt-quatre milliards d'âmes.

□ *Le temps des apocalypses* vient alors : extinction du soleil, terre imperméable aux rayons solaires par une couche de poussière noire, massacre général des hommes, explosion du globe terrestre, anéantissement du système solaire, de l'infini, de Dieu... Les conséquences d'Hiroshima plongent les hommes dans les hallucinants vertiges de l'autodestruction. Et l'on voudrait bien, pourtant, que les enfants d'aujourd'hui aillent se promener avec émerveillement dans le futur du deuxième millénaire pour y cueillir des coquelicots dans les champs de blé.

Index des auteurs

Sur les 450 auteurs français ou étrangers de tous les temps mentionnés dans cet ouvrage, seuls les noms suivants ont été, pour des raisons inhérentes à la pratique de ce livre, retenus dans l'index.

1. Ecrivains d'expression française

2. Ecrivains étrangers

Index des genres et des mouvements littéraires

Index des événements dans la littérature

Index des thèmes

Bussière Camedan Imprimeries
à Saint-Amand (Cher) France.
Dépôt légal : novembre 2003. N° d'édit. : 26793. N° d'imp. : 034881/1.